一切都像在拯救

白银时代的爱情诗

[俄]谢·叶赛宁、
玛·茨维塔耶娃 等 著
童宁 译

江苏凤凰文艺出版社
JIANGSU PHOENIX LITERATURE AND ART PUBLISHING

图书在版编目（CIP）数据

一切都像在拯救：白银时代的爱情诗 /（俄罗斯）谢·叶赛宁等著；童宁译. -- 南京：江苏凤凰文艺出版社，2022.11
ISBN 978-7-5594-6822-2

Ⅰ.①一… Ⅱ.①谢…②童… Ⅲ.①爱情诗 – 诗集 – 俄罗斯 – 近代 Ⅳ.① I512.24

中国版本图书馆 CIP 数据核字 (2022) 第 089970 号

一切都像在拯救：白银时代的爱情诗

［俄］谢·叶赛宁、玛·茨维塔耶娃等 著　童宁 译

项目统筹	朱　岳　梅天明
责任编辑	曹　波
特约编辑	陈志炜
装帧设计	杨和唐
出版发行	江苏凤凰文艺出版社
	南京市中央路 165 号，邮编：210009
网　　址	http://www.jswenyi.com
印　　刷	天津联城印刷有限公司
开　　本	880 毫米 ×1192 毫米　1/32
印　　张	11.25
字　　数	150 千字
版　　次	2022 年 11 月第 1 版
印　　次	2022 年 11 月第 1 次印刷
书　　号	ISBN 978-7-5594-6822-2
定　　价	66.00 元

江苏凤凰文艺版图书凡印刷、装订错误，可向出版社调换，联系电话 025-83280257

献给我的父亲。

2018年我和父亲合作的书面世了，就是由漓江出版社出版、由陆源先生任责编的《我的忧伤透着纯净的光——普希金抒情诗选》。父亲在书中为我翻译的每首诗都认真撰写了解读。他是一个永不知疲倦的创造者，既为我们首次的合作感到欣喜，又提出建议，鼓励我翻译俄国白银时代诗歌，他愿为每个诗人写小传。2019年，父亲竟带着永远的遗憾离开了我们……2020年年初，《克雷洛夫寓言》清稿之后，我开始了俄国白银时代爱情诗的翻译，选取32位诗人，201首爱情诗歌。记得父亲曾说过："……当恶膨胀到极限的时候，人心里埋藏着的善的种子开始苏醒。"在严酷生存环境里，白银诗人们不仅创作着至善至美的诗篇，同时也塑造了自己可歌可泣的命运，20世纪的精神生活，都从那个时代发端……感谢各出版方，因为他们的大力协助，这本诗集得以出版。

目 录

1 符·索洛维约夫
  脱 离
  致普罗米修斯
  并非依据命运的安排,并非依据人们的偏见

9 尼·明斯基
  对他人的爱
  浪

13 伊·安年斯基
  两种爱情
  群星中间
  曾以为,心为石头所做
  春天的罗曼斯
  雪

21 康·福法诺夫
  吹灭蜡烛吧,拉严窗帘
  那是很久以前的某一天
  五 月
  柳树忧伤地向池塘……
  爱情逝去了,暴风雨逝去了……
  我们好像彼此相爱

钟摆如此沮丧地敲击……
静静月夜……

33　费·索洛古勃
为何要说！那冷漠而狡黠的话语
伊琳娜
迷雾的白昼到来
要明亮地爱我，像朝霞一样去爱……
我爱你，我爱你美丽的笑……
迷人的蓝铃花……
爱情忧愁地把最后的问候……
蜡烛燃尽了
伊丽萨薇塔
多苦的酒！
雨啊，雨啊，停下吧……
烧吧，烧吧，我的爱情！

51　德·梅列日科夫斯基
黑天使
温和的黄昏静静地熄灭……
沉　默
黑暗松树间又一次亮起……
爱还是不爱
让人目眩的积雪
我知道：幸福将会很少
爱恨交织
爱的诅咒

65　维·伊万诺夫
幸　福
爱　情
永恒记忆

71 康·巴尔蒙特
  一秒钟
  渴　望！
  你胸前的一朵小白花死去了……
  你来了
  女人啊，习惯游戏的孩子……
  在我的花园里
  天　鹅
  我知道——致拉赫维茨卡娅
  我将等待你
  夜　雨

87 玛·拉赫维茨卡娅
  假若我的幸福是自由的雄鹰
  我的心像纯洁的白莲
  入睡的天鹅
  在黑暗的高空烟雾重重
  我爱你，像大海爱着日出

95 季·吉皮乌斯
  雪　绒
  爱情——就一个
  雪
  爱　情
  疆　界——致德·费拉索法夫
  爱情笔记本——信封上的题词
  她——致勃洛克
  致勃洛克
  微　笑
  爱情字眼
  血
  像从前一样

3

113 伊·布宁
　　花园里翠菊凋零
　　我拉住你的手
　　又是梦，迷人而甜蜜……
　　孤　独
　　歌
　　我们偶然相遇在街角
　　你是别人的新娘
　　我们并肩走着，但是……
　　静静的深夜里月儿升空

127 米·库兹明
　　装玻璃珠子的小篮子
　　没有爱如何迎接春的来临
　　或许，我是在正午被孕育……
　　分离是福！
　　窗玻璃被严寒冻僵……
　　我感觉

137 瓦·勃留索夫
　　我偶然和她相遇了
　　从一封信里
　　迷雾夜
　　将　来
　　都结束了
　　我爱另一个人
　　我爱你和天空
　　天空和灰色的海
　　致女人
　　多少回

151 马·沃洛申

我爱那簌簌声……
欺骗我吧,但要彻底,直到永远
有时是女孩儿的样貌,有时是老妇人的形象……
你的爱情渴望这么多

157 亚·勃洛克

生活像谜一样,黑暗
我走在雨夜的雾中
我等了很久 —— 你出来得很晚
我们曾相会在晚霞满天
没有我,假如你的梦飞走了
我害怕与你遇见
开始吟唱的梦,开始缤纷的色彩……
寒冷的一天
陌生女郎
俄罗斯
您拦住我的去路……
莫斯科清晨
骑士长官的脚步……
又一次
春来无边无际
致吉皮乌斯
你形单影只!不找伴侣……
我们曾在一起,我记得……

187 萨·乔尔内

爱情应是幸福的
我的爱情

193 安·别雷
　　孤身一人
　　爱　情
　　太　阳——致《我们要像那太阳一样》的作者
　　致阿霞——与阿霞告别之际
　　人智学
　　有翅膀的心灵
　　等着我

203 尼·克柳耶夫
　　离别时

207 维·赫列勃尼科夫
　　当人们恋爱时

211 符·霍达谢维奇
　　雨
　　朝圣者走过去，拄着手杖

217 尼·古米廖夫
　　十四行诗
　　长颈鹿
　　心灵的园地
　　唐　璜
　　你说了几句空话……
　　我单调的日子闪现……
　　我曾信仰、思索
　　现代性
　　两朵玫瑰
　　您还会不止一次地回忆我……
　　想着你

我不再爱她
不，什么都未改……
经过多少年后

239 伊·谢维里亚宁
星　星
什么都没讲
假若你遇见一个娴静女子
为什么我没和你相会……
太阳与大海
故事发生在海边
短　歌
它们都在说一件事……

251 尼·阿格尼夫采夫
走出艾尔米塔什宫的夫人
白色华尔兹

257 安·阿赫玛托娃
灰眼睛国王
心和心无法绑在一起
心中太阳的记忆在模糊
放下深色面纱，我攥紧双手
我学会简单、贤明地活着
我将男友送到前厅
我不祈求你的爱情
海滨花园的道路显出幽暗
像水井深处的一块白石
我们学不会说再见和分手
小小木桥变得幽暗、曲折
一条大河沿着山谷缓缓流淌

273　谢·克雷奇科夫
　　月　亮

277　奥·曼德尔施塔姆
　　比温柔更温柔
　　难以言宣的忧伤
　　寂　静
　　不要问
　　我痛恨千篇一律的星光
　　你的形象，愁苦又飘渺
　　我和别人一样渴望

289　玛·茨维塔耶娃
　　心灵和名字
　　我喜欢你并非思念我而忧郁成疾
　　这温柔来自何方？
　　献给勃洛克的诗
　　我要从所有大地、所有天空把你夺回
　　我多想和您一起在小城生活
　　又一个窗口
　　我已经不需要你
　　就像右手和左手

305　符·马雅可夫斯基
　　晨
　　致你们！
　　莉莉契卡——代邮
　　爱或不爱？我心绪烦乱

315　瓦·舍尔舍涅维奇
　　没什么比诗中的字词更凝练

319 格·伊万诺夫
　　严寒将要降临……

323 谢·叶赛宁
　　眼泪……
　　我们的幻想
　　你曾哭泣……
　　亲爱的，坐到我身旁
　　纵然你已被人饮尽……
　　你是我的莎嘉奈，莎嘉奈！
　　花儿们对我说：别了
　　最好时刻……
　　你对我不爱，也不留恋
　　别对我假笑……
　　浅蓝色的衣衫。浅蓝色的眼……
　　再见了，我的朋友，再见

343 阿·马里延戈弗
　　我会来

符·索洛维约夫
(1853—1900)

宗教思想家,诗人,神秘主义者,批评家,政论家。索洛维约夫主张融合所有基督教流派(东正教、天主教和新教)以及在基督教世界观中加入最新的自然科学、历史和哲学的成果,建立宗教和科学的统一体。他创立了大教堂和"爱"的学说,成为关于人和人的改变的最高表述之一。指出:面向两个世界(俗界的、宗教的)是人的固有特征。作为天才诗人,索洛维约夫给诗歌中的浪漫主义语汇注入了象征意义,寄托了永恒的女性温柔之美的理想。宗教和哲学的文艺复兴——白银时代的基础,正是由索洛维约夫的思想体系奠定的。

脱 离

为何你需要爱情与抚慰，
既然胸中燃烧着火，
当全部神奇的童话世界
如此清晰地和心灵诉说；
当那蓝色雾霭中，
尘世的道路出现面前，
而目的地早已抵达，
胜利已注定，在尚未战斗之时；
当根根银线
从心腑延伸向遐想王国……
永恒的主啊！请收下
我苦痛经验，请把那
第一阵春雷之力还给我！

致普罗米修斯[1]

当你的心灵在一个人寰里看到
谎言与真理、善与恶,
你领悟并拥抱了全世界,过去与现今的世界,
用一个爱的致意;

当你懂得和解的快乐;
当你的智慧探明,
只在孩童般幼稚想法的幽灵里,
谎言与恶存在——

那么那个时刻也就来了
——创造的最终时刻……
你的一束光照射芸芸众生,
在那浊世昏沉的梦魇:

---

1 普罗米修斯,希腊神话中最具智慧的神明之一。他不仅创造了人类,给人类带来火,还教会他们了解星星运行奥秘、用字母书写、航海和耕作等技能。

由于这上天之火,
障碍会崩溃,镣铐会瓦解:
永恒早晨起源于新的生活,
万物新的生活,"一"贯穿一切。

1874

并非依据命运的安排,并非依据人们的偏见

并非依据命运的安排,
并非依据人们的偏见,
并非依据你的想法,我爱上了你。
我用洞察一切的爱为你筑起
远离恶意与秘密网绳的围墙,
我为你筑城,你在城池中。

就让周遭乌云聚集,
不祥的狂风吹,雷声轰鸣,
别怕!
我的爱的天空是那盾牌,
在黑暗命运前不会倒下。
在天空的风暴与你之间,
像往昔那样稳稳地站立。

在你和我的面前,
当死亡把所有尘世生活的蜡烛都熄灭,
永恒的心灵之火,
像东方的启明星,

把我们引向不可磨灭的光辉,
主面前,你将会在那里;
主面前,爱——是我的回答。

1890

尼·明斯基
(1855—1937)

诗人,神秘主义作家,律师。崇尚尼采哲学和个人主义思想,曾被称为"俄国颓废派之父"。

对他人的爱

爱他人，正如爱自己……
可我常用蔑视来惩罚自己。
我爱一个宗教的梦，
我蔑视谎言或所谓真理。

如果我曾爱过一个人，
也只是怀着模糊的、不可思议的希望，
在另一个人身上找到上天真理的光芒，
纯洁的心，纯粹的思想之火。

但每一次，从幻想中清醒过来，
在另一个灵魂里更深更明确地
我又发现了自己激情的烙印，
自己的谎言，自己苦难的耻辱。

我为所有人，为这一切同样伤悲，
所以我不爱，正如不爱我自己。

1893

浪

温柔而平淡,
温柔而冷漠,
永远被统治,
永远自由自在。

依偎着岸边,
娇懒也善妒,
向海中奔跑,
挣脱一切羁绊。

生于深渊,
以死亡来威胁,
爱上了天空,
用秘密去诱惑。

虚伪、明朗,
喧嚣、忧郁。
陌生又美丽,
亲近又遥远……

1907

伊·安年斯基
(1855—1909)

诗人,剧作家,翻译家,批评家,文学研究和语言学家。曾长期任皇村贵族中学校长,译介了古希腊悲剧诗人欧里庇得斯的全部作品。安年斯基善于在诗作中借物咏情,引起他同情的对象常常是"痛苦的、不属于动物界的、正遭受委屈的事物"。

两种爱情

有一种爱情像烟:
紧挨着它,你会迷醉,
给它自由,会消失不见……
做一道烟,但会青春永在。

有一种爱情像影子:
白天卧在你的脚下——看着你,
夜晚无声把你拥抱……
做一条影子,但会朝朝暮暮,永不分开……

群星中间

群星中间,灼灼闪烁,
我重复着那一颗星的名字。
不是因为曾爱过她,
只因和别的星一起,我苦闷不堪。

如果有沉重的怀疑,
我只向她把回答探寻。
不是因为她的亮光,
只因我们在一起,可以共度黑暗。

1909

曾以为,心为石头所做

曾以为,心为石头所做,
它是空的,死寂的:
即使语言之火来临
—— 它无动于衷。

的确:我并不觉伤痛,
或许有些许伤痛。
毕竟这样好得多,
把它吹灭吧,当还可以吹灭时……

心里像墓穴一样漆黑,
我知道,曾有过一场熊熊烈火……
后来……火苗燃尽,
我就在那烟雾中死去。

春天的罗曼斯

河水还没有奔流,
但它已经淹没了蓝色的坚冰;
云朵还没有融化,
但雪花的酒杯已被太阳痛饮。

通过虚掩着的一扇门,
你因那簌簌声而心儿焦虑……
你还没爱上,但要相信:
不爱已经不可能……

雪

我也会把冬季喜爱,
只是严寒那沉重的负担……
因为它的缘故,
一缕炊烟也难上云天。

这被切割的线,
这忧郁的飞舞,
这乞丐般的青蓝色,
这哭泣的冰!

但我爱这降自云外
放松的安乐 ——
时而纯白、
时而淡紫的雪。

最是那解冻时节,
当高处帷幕打开,
它疲惫地躺在
湿滑的悬崖。

烟雾中像一丛丛
难熬边缘上的无辜梦幻——
当焚烧一切的新春
就要到来。

1909

康·福法诺夫
(1862—1911)

　　曾被公认为"最优秀、最有天分、最著名、最接近普希金"的诗人。自幼未能接受系统教育,但阅读广泛,尤其爱读诗人传记。他的诗作富于浪漫色彩,大部分情诗是献给妻子丽吉雅·康斯坦金诺芙娜的。

吹灭蜡烛吧,拉严窗帘

吹灭蜡烛吧,拉严窗帘。
人们都已入寝。
只有我们还未眠,茶炊已熄,
墙外的大钟敲了四遍!

直到夜半,我们悄悄沉醉于
喁喁私语:
我们计划着纯洁的生活,
并肩而坐,能够通宵达旦,仿佛要这样直到
　永远!

你沉思,我静坐着,不发一言……
吹灭蜡烛吧,拉严窗帘。

1881

那是很久以前的某一天

那是很久以前的某一天,
你悄悄对我说:"别作声!"
那时朝阳刚好把一束
倾斜的光透进窗棂。

或许被遗忘的梦境
突然来到了我记忆?
或许早已融化的瞬间,
又一次复活在我心?

朝阳刚好把倾斜的、
金色的光透进窗棂。
你说:"别作声!"我几乎没听清,
那是很久以前的某一天。

1882

五 月

春天暗淡的黄昏沉静而安详,
晚空正现出绛紫色的霞光,
它忧愁地望向窗户,诗句成行,
一个幻想紧随着一个幻想。

心灵里有什么在忧郁,心坎上有什么在痛苦,
莫非我生来就是如此,时常莫名陷入感伤?
五月这淘气的孩子,五月这魔法师,
自己那把清新的扇儿正摇晃。

让人窒息的首都庞然巨物的后方,
在光辉耀眼的大自然的草原上,
歌唱的鸟儿,浮动的暗香,
还有甜甜的溪水潺潺作响。

小树林下颤抖着芬芳田野,
铃兰的白花就像垂下的酒杯一样,
五月这淘气的孩子,五月这魔法师,
自己那把清新的扇儿正摇晃。

亲爱的姑娘!假如我们能够
相会在南方五月的佳节多好 ——
这里丁香花开放,夜莺鸟飞翔,
爱与和平的世界在身旁!

假如能成为你的爱人多好,
我疲惫的心中有无尽想象。
五月这淘气的孩子,五月这魔法师,
将被它的那把扇儿摇醒自睡乡!……

1885

柳树忧伤地向池塘……

柳树忧伤地向池塘
低垂自己一绺卷发;
大地在疲倦痛苦中
等待一颗晚星。

无际的天空正闪耀,
像有几多幽梦在当中,
那是时至黄昏的云彩,
如玫瑰色的斑点滑行。

我沉默,充满了爱与愁,
心中像那纷纷彩云归,
梦在聚拢,声在交集,
万种忧思发出悲鸣。

我曾渴望在这一瞬,
逝去的、被忘却的,
和永远不能忘怀的,
都在这嘹亮的歌里复生。

1887

爱情逝去了,暴风雨逝去了……

爱情逝去了,暴风雨逝去了,
但深切的忧思让我焦虑。
还有眼泪,唯有眼泪,
还有——也许最后的泪水。

那里——和生活结清了账,
我要忘记曾发生的一切;
我要让自己远走高飞,
一去不回。

让我死去吧,疲倦难忍,
可死亡不能销毁全部,
你要知道我曾爱过你,
无人会像我这样去爱!

听完最后一首爱的歌,
合上忧愁的双眼……
你要祝福我的梦,
就像我祝福着你!

1900

我们好像彼此相爱

我们好像彼此相爱,
但为何像躲避疾病似的
躲避温存,
充满了羞愧?

为何我们喜欢用恶语
让彼此痛苦?
难道为了让一个爱情沸腾,
却要使两颗心儿敌对?

1891

钟摆如此沮丧地敲击……

钟摆如此沮丧地敲击,
烛火如此昏黄;
你颤抖的手如此
不安地滚烫!

明亮的眸子垂着,
头忧愁地低着,
在你告别的双唇里,
没能把一个字讲。

窗外喧嚣作响,
槭树和白桦的枝子……
我们相遇时不曾微笑,
分离时泪水不曾流淌。

只是有些话尚未说出,
在那注定了厄运的冥思苦想,
只是尚未烧热的心,
痛悼着旧日时光。

是理智寻觅托词,
心儿念念不忘,
不肯为虚幻的未来,
把过去的苦难献上?

或者让爱照亮前方,
两颗痛苦的心,
将用那灿烂的狂喜
化解这一腔忧伤?

1893

静静月夜……

静静月夜——
空气里满是疲惫……
银白雪地，
印着黑影……
心不会再做梦了——
心只伤悲……
无力幻想——
呼吸的尽是冰冷寒凉！

心中曾盛开过春天：
如今那里，犹如无声荒漠；
往日幸福——像月的眼，
死寂，模糊……
在闪烁的霜雾，
在高处的寒星……
爱情，你为何离我而去？
春天，哪里能将你唤回?！

费·索洛古勃
(1863—1927)

诗人,小说家,剧作家。经历过贫寒生活,索洛古勃的诗歌底色是人生每时每刻等待死亡的幻灭感、浑浑噩噩的灵魂的忧郁感和绝望的疲乏感。安年斯基评价其人其诗:"索洛古勃——一个古怪而任性的人,一点儿也没有书生气。作为一个诗人,他只在自己的氛围里呼吸,但这氛围不是他建造的,而是他自己本身的结晶。"

为何要说!那冷漠而狡黠的话语

为何要说!
那冷漠而狡黠的话语,
就像灰白的古物碎片,
像人们窃窃的传闻。
为何要说!我们单独在一起——
只要用面颊的朝霞,
只要用目光的闪电来暗示,
我就对这暗示心领神会。
而且在我心中,像天上的一颗星,
重又颤动起来,
但那时被点燃的,
我无法叫出名字。

1884—1898

伊琳娜

你记得吗,伊琳娜,秋天
遥远、贫穷小城?
阴霾密布,好像天空
忧愁中眉头紧蹙。

执拗的细雨
如模糊的网一张,
遭没顶的城市遍身泥泞,
立在浅蓝草坪。

你把沉重的扁担,
压在自己肩膀,
你从河里取水;
面颊绯红滚烫……

我们的房间忧郁而拥挤,
旧屋檐滴着雨,
地板脚下摇晃,
从那打碎的玻璃窗
飘散着寒气;
半腐的木台阶
向一边坍塌弯曲……

哪怕就一次,你用指责的话语
甩向我的脸!
哪怕就一次,你在委屈的泪中,
情不自禁倾吐
那不可饶恕的贫穷
淤积的苦痛!

我将会忍受责备,
在你面前沉默不语,
我,一介孤傲狂夫,
不屈从命运摆布,
坚持那被欺骗的梦,
带着你,
在贫穷苦海中沉浮。

受难日黑暗的夜晚
把我们笼罩,
你对我温柔一笑,
你安慰了我。

你说:"贫穷算什么!
只要心灵强大,
只要渴望幸福,
还有活下去的意志。"

又一次,我因你而坚强,
勇敢望着前方,
在那不祥遭际
和预兆着苦难的迷雾中。

如今我们头顶
一片晴朗的晚空。
这正是你,我的伊琳娜,
让那奇迹生成。

1892

迷雾的白昼到来

迷雾的白昼
到来,
我期待的人,
没出现。
四围是黑暗。
我站在
那大路上,
周身不安,
我唱着歌。
朋友啊如今你在何处?

寒气弥漫,
我的花园空空,
每一棵树,
都孤零零。
我烦闷。
你轻轻告别,
骑上马
向远方
飞驰去无踪。

沿着道路

我张望,

周身不安,

周身发抖,

亲爱的!

我将久久地

落泪,

心的伤

被触痛,

愿主啊与你同在!

1898

要明亮地爱我,像朝霞一样去爱……

要明亮地爱我,像朝霞一样去爱,
遍洒珍珠,笑声朗朗。
用希望和轻盈的幻想让我欣喜,
无声熄灭,随烟雾苍茫。
要静静地爱我,像月亮一样去爱,
平和闪耀,清新,冰凉。
用魔法和秘密照亮我的世界,
和你徘徊在黑暗道路上。
要单纯地爱我,像溪水一样去爱,
叮当响着,亲吻着,你是我的,你也不属于任何人。
依偎吧,顺从吧,继续奔跑吧。
当你已不再爱我,当你已遗忘——别怕,无须说谎。

1899—1906

我爱你,我爱你美丽的笑……

我爱你,爱你美丽的笑,
爱你的哭,湍急的泪流,
和温柔的、透红的面颊——
但我并不祈求你爱我,
也许,我甚至会惊讶
当你读完了这些诗行。
我的幻想疯狂而残酷,
每一次,当我把目光投向你的双眼,
来自我忧愁的那一根毒刺
便向你注入了毒浆。
你还不知道,我的眼神召唤着什么,
它令人担忧,像匕首的尖锋。
你可以称我的爱情为仇恨,
也许,你并非有罪地说谎。

1899—1906

迷人的蓝铃花……

你走一条荒凉的路,
林里泛起青烟。
一朵白色、无辜的蓝铃,
不知为何被你采下。
不知为何你把它握紧,
低头嗅着花香,
我不懂,难道所见美景
你仍觉得不足?
或是你想让那花的幽香
沁入你的心腑?
或是在用想象建立
和草药毒汁的亲密?
不,另有原因,
让你在花的面前驻足,
花朵中自有一份甜蜜,
把你吸引。
在我全然的忘却里,
已不知,那朵蓝铃花的可爱,
曾以怎样新的诱惑
把你的幻想俘虏。

1899—1906

爱情忧愁地把最后的问候……

爱情忧愁地把最后的问候埋在心底。
秋天来临,树叶凋零。
泥泞道路模糊了你留下的足印。
白色的烟幕将远方遮挡。
爱情忧愁地把最后的问候埋在心底。
温柔的星纷纷坠落大地。

1899—1906

蜡烛燃尽了

蜡烛燃尽了,
月变白了。
我们单独在一起 —— 你愉快、热情,
我爱你苗条的身姿。
我的嘴唇吻着
你晒黑的脚掌,——
你曾在坚硬的小路走过,
赤足走过小路。
给我带来了花束
从那高高的山顶 ——
你为我采集了神圣的梦想,
游玩在那张开的深渊之上。

1899—1906

伊丽萨薇塔

伊丽萨薇塔，伊丽萨薇塔，
向我走过来！
我要死去了，伊丽萨薇塔，
我全身着了火。
可无人回答，无人回答
我那拼命的呼喊。
她在遥远的异乡，
天父的国度。

她的坟墓，她的坟墓
在另一个地方。
她死了。她的坟墓
是不让进入的房屋。
死亡得胜了，但没能击垮
我的爱情。
她坚实的坟墓，
不如我的爱牢固。

伊丽萨薇塔，伊丽萨薇塔，
向我走过来！
我要死去了，伊丽萨薇塔，
我全身着了火。
你的遗言，你的遗言

我们不会忘记。
我们应该，伊丽萨薇塔，
和你在一起。

摆脱重负，摆脱重负，
时辰已到。
浊世罪恶的重负
像噩梦，像黑暗。
浊世重负——空间、时间——
是一瞬轻烟。
我们将免除浊世、罪恶重负，
我们将取胜！

伊丽萨薇塔，伊丽萨薇塔，
向我走过来。
我要死去了，伊丽萨薇塔，
我全身着了火。
我和你将相逢在灿烂世界。
我的爱。
我们将在一起，伊丽萨薇塔，
你和我。

1902

多苦的酒!

多苦的酒!
多酸涩的毒饮!
骗人的爱情,像传说。
多苦的酒!
我所有、所有的疲乏
渺小、空虚、舛错。
多苦的酒!
多酸涩的毒饮!

1913

雨啊,雨啊,停下吧……

雨啊,雨啊,停下吧,
不要敲击树枝,
不要阻挡光线。
我应该在小树林里奔跑,
去和一位牧童相见,
我穿得这样单薄。
我要跑过小树林,
朋友和我结伴行,
我听到一只公羊在叫。
我的朋友已等候多时,
领着我去窝棚把湿衣拧干。
那时,雨啊,你下吧,
下吧,不要吝惜小雨点,
我愉快坐上一会儿。
和亲爱的人在一起,
小小窝棚也是天堂。
新鲜面包,长柄勺里的水,
就这样度过好时光!

1921

烧吧,烧吧,我的爱情!

烧吧,烧吧,我的爱情!
我不害怕你的火舌。
更闪亮些吧,重新复活吧,
你们,无数明亮的愿望!
一点点儿熄灭吧,我的苦闷,
哪怕是和我的血液一起,
和神射手的一支箭一起,
苦闷死去了——因为我的爱情。
我终于开始猜出了
那困扰已久的谜语。
像过去一样,我不害怕死亡,
而活着,我从来没感到甜蜜。

1921

德·梅列日科夫斯基
(1865—1941)

作家,诗人,文学批评家,翻译家,历史学家,宗教哲学家,社会活动家。生于圣彼得堡小官吏之家。1884年考入圣彼得堡大学历史哲学系。1888年,刚刚出版第一部诗集的二十三岁的梅列日科夫斯基和十七岁的吉皮乌斯相识,相似的经历使得两人感到了理想的"精神上的亲和性",第二年,他们于教堂举办了简朴婚礼,此后两人在诗歌创作和开创新的宗教哲学的事业中始终携手并肩。根据他的观点,个人的、个体的体验不仅仅是习惯、激情等等,它须被补充,只有当它成为两个人紧密相连的爱情感受,也就是真正爱情的感受时,才具有价值。梅列日科夫斯基的诗作中总回响着孤独、忧伤的调子。

黑天使

孤独生活的黑天使啊,
我又感到你的气息,
你又把自己的预言向我呢喃:
"别相信爱情。

你可认得我神秘的声音?
啊,我亲爱的,
我——童年的天使,唯一的朋友,
永远——和你在一起。

我浅蓝的眼睛,尽管不让人愉快,
但也不忧愁:
它会是冰冷而香甜,
我的一吻。

它散发永恒分离的气息——
并且,在寂静中
我会像母亲一样,哄你入睡:
来吧,来吧!"

讲完了预言:
周围一片黑暗。
啊,危险的孤独生活的天使,
最后的朋友,
你的脚步,
充满墓地的安宁。

我带着永存温柔爱着的人,
也是那些——我的仇敌们!

温和的黄昏静静地熄灭……

温和的黄昏静静地熄灭,
在亲切静默的死神面前,
天空和痛苦的大地,
这一瞬间得以和解。

在明朗的、诱人的远空,
朦胧飘渺,像我们的幻想——
不是忧伤,只是忧伤的足迹,
不是爱情,只是爱情的印痕。

有时在那无生命的沉默中,
像从棺木里,从高处飘来,
我在脸上感到了冰冷呼吸,
无边无际,死一般的空虚……

1887

沉　默

多少次想表白我的爱，
可什么也没说，我不会，
我只快乐、痛苦、沉默不语：
像是感到羞愧 —— 我不敢说。

你鲜活的心灵和我如此近，
依旧那么神秘、依旧那么独特，
如果我说爱你，
就像供出了那恐怖的上天秘密。

我们的感情是最好的羞涩与无言，
静谧中包涵着所有神圣。
当闪亮的浪头咆哮在海面，
那海的深处却默不作声。

1892

黑暗松树间又一次亮起……

黑暗松树间又一次亮起
春天的那颗晚星,
所有枯萎的可爱春天,
又被我逐一回忆。

就让无法慰藉的忧愁
陪伴每一春,
但在它那首次温柔的呼吸中,
却有心能听到的消息。

就让全部生命 —— 是荒凉秋季;
在那似真似幻的梦里,
我被一次次凋谢的春景引领,
向着永不凋谢的阳春。

1893

爱还是不爱

爱还是不爱 —— 绝望对于我很轻松：
就让我永远不属于你，
但有时柔情在你眼中，
又好像我是你心上人。

你将不会为我而活而痛苦，
我像天上流云投下的影子；
但你永远都不会将我忘记，
我遥远的呼唤在你心中永不停息。

我们曾有过那看不见的快乐的梦，
我们在梦中知道，这是梦而已……
可到底这恼人的甜蜜是为了你，
因为我，不是他……

1894

让人目眩的积雪

让人目眩的积雪,
让人困倦的温存,
绝望,安静,
还有白色、白色、白色。
可怜的心已忘了,
将发生的一切,已过去的一切,
让我痛苦的、让我爱恋的——
一切都过去、过去、过去了。

一切睡着了,沉默了,
我不知,从哪里结束,从哪里开始,
摇啊摇啊,一切在摇晃中酣眠,
雪橇轻轻滑动,
我飞驰着,飞驰,没有目标,
或许去棺椁,或许去摇篮,
我也会入睡,亲切的云杉
小心地守卫我的梦。

我在祈祷或在游戏,
我还活着或正死去,
我不知道,我不知道,
只是血液在悄悄凝固。
还有白色,无边无际的白色,

让人困倦又温存，
安静又绝望，
如同最后一次的爱情！

1906

我知道：幸福将会很少

我知道：幸福将会很少，
生活将更为可怖，
但我如此、如此厌倦，
厌倦了心里没有爱。

心灵对一切准备就绪，
我感谢命运，
因为我重又去痛苦，
因为我重又去爱。

1915

爱恨交织

我们爱着却不珍惜爱,
两人渴望那新鲜奇遇,
但是我们不会背叛彼此,
充满瞬间任性的要求。

有时,努力要获得过去的自由,
我们想着把锁链砸开,
但每一次都以绝望告终,
我们承认是彼此的奴仆。

我们不想预见结局,
我们不会和睦相处,——
既不会全心去恨,
也不能无限去爱。

这永恒的指责啊!
这狡猾的敌视!
亲切时——两人都是孤独的,
敌对时——却永远彼此相依。

在和你的交锋中筋疲力尽，
我更为痛苦地爱着你，
亲人啊，我只是感觉，
没有你的地方，生活也不存在。

多少阴险，多少欺骗，
相互的争论持续一生，
每个人都想称王，
没有人愿意臣服。

与此同时，我们不想忘却，
可遗忘无时无刻不在增长，
这和敌意相似的强大、盲目之爱，
就像死亡。

而当一人走入坟茔时，
那时我们中的另一个才懂得
爱情残酷的力量——
在那个可怕时刻，最后时刻！

1921

爱的诅咒

付出沉重且无谓的劳力,
我本想打碎这爱情枷锁。
啊,如果我能重获自由,
啊,如果我能再次去爱!

心中充满羞愧和惶恐,
尘与血中吃力地缓行。
给我的心灵洗净尘灰吧,
主,把我从爱情中解脱!

难道怜悯之心不能取胜?
向主的祈祷徒劳无功:
这疲惫愈加绝望,
这爱愈加深永。

没有自由,没有宽恕,
我们所有人生来就遭奴役,
去死、去痛、去爱,
我们所有人的命运已注定。

维·伊万诺夫
(1866—1949)

诗人,哲学家,语文学家,翻译家,戏剧家。俄罗斯象征主义理论家,白银时代的中坚力量。他的基本理论主张是集体的宗教的生活和艺术改造,其中占据重要地位的理念是文化传承和人的记忆能够战胜死亡。

幸　福

太阳照耀，放出万丈光芒：
心儿幸福，当十二分的慷慨给予。
怀有如此慷慨爱情的人是幸福的，被光明所
　　盼望，
他好像与鲜活生动的一切订下婚约。
有生命的、正在生活的人是幸福的。

幸福的出现不分阶段，
也并非随指定时期的结束而消逝：
不要等待幸福，不要捕捉幸福。
灵魂要给幸福举行加冕礼，像给国王一样，
要给幸福，像给太阳一样，永远穿上法衣：
幸福 —— 是爱情的胜利。

1917

爱　情

我们 —— 被雷击中燃烧的两棵树,
夜里针叶林那两团熊熊的火;
我们 —— 划过傍晚天际的两颗星,
像被射向了同一方向的箭双股。

我们 —— 一根缰绳下的两匹马,
被一个骑手驾驭 —— 被一个马刺刺痛;
两个眼眸,我们唯一的注目,
朝相同梦想,两个翅膀飞舞。

我们 —— 一对哀悼着的夫妻的双重影,
在上帝大理石的墓地旁,
在古老的美的安息地。

两个喉咙守着同一秘密,
自己是自己的 —— 两人同一的斯芬克斯[1]。
我们的两只手臂,
组成共同的十字架立起。

---

1 斯芬克斯,源自古埃及神话的怪物。其人面象征智慧和知识。

永恒记忆

什么能最终战胜死亡,
活着的永恒记忆。
爱呼唤着,它预感;
谁不忘记,谁就 —— 不会屈服。

漂泊者面朝远方 —— 在那可见远方之上,
是先知注视的目光,
跋涉,他带着慰藉的忧郁……
身前和身后 —— 朝霞升起……

指环和手杖,随身的圣物,
他握于可信赖的掌中。
棕榈温存地献给荒漠之行
宿营地的轻松宁静。

康·巴尔蒙特
（1867—1942）

诗人，翻译家。1900年代出版的诗集（《燃烧的建筑》《我们要像太阳一样》《只有爱》）达到创作顶峰。巴尔蒙特九岁能写诗，曾以雪莱诗歌译者和颓废派代表闻名于世。巴尔蒙特与因病早逝的女诗人拉赫维茨卡娅有过一段著名的恋情。

一秒钟

多么美啊,这个女子立于五月的晚霞,
如丝的一绺秀发在晚风里飘动,
在花中、在芳香里愿望在燃烧,
遥远的歌声来自小河上的舟艇。
多么美啊,狂野的自由意志;
伸出手,碰触手,
两只手相握 —— 只是一秒钟,
这一秒钟的爱情,穿越永恒。

渴 望！

渴望大胆，渴望勇敢，
把多汁的一串果实编成花环。
渴望沉醉于那华美的身体，
渴望脱去你的衣衫！

渴望你丝绸般火热胸膛，
两个愿望朝着同一个方向，
走开，诸神！走开，人们！
我和她成双成对！

让明天的浓黑和阴冷来吧，
今日我们把心交给光。
我会幸福！我会年青！
我将大胆！我是如此渴望！

1894 年 11 月 28 日

你胸前的一朵小白花死去了……

你胸前的一朵小白花死去了……
永远地凋谢、枯萎,
它在惊慌和温柔爱情里死去,
它没有白白受罪。
曾在无穷旷野中等待了很久,
终有一整天美丽地开放在你的胸前,
它曾是怎样蓬松、神奇、明亮的闪耀啊,
它的爱与痛并非徒劳。

你来了

你来了,像春天来临,
你盛开了,像春天的花。
我的心灵一片宁静,
虽然我们相距遥远。
宁静和诗句的和音,
战栗与幻想的歌。
你是温柔的,如轻盈的暗示,
你是温柔的,如夜晚的花。
心永远向往"美",
思绪即使凛冬也盼望花开。
你曾来过并将留下——你,
我过去和将来都是你的。
我不害怕与你分离,
心弦在弹奏,不停歇。
你是白雪下幽蓝的花一朵,
第二个春天即将到来。

女人啊，习惯游戏的孩子……

女人啊，习惯游戏的孩子，
用温柔的目光注视，用温柔的亲吻游戏，
我本应以全部的心轻视你，
可我爱着你，激动而忧愁！
爱你、奔向你、原谅你、爱你，
只和你一人活在我热情的痛苦里，
因你的刁钻古怪，我扼杀心灵，
我将一切承担——只为了美丽眼波的一次流转，
为了比真理更温存的谎言，
为了那伴随热烈苦痛的甜蜜忧郁！
你，奇异梦幻、声音与火焰大海！
你，永远的友与敌！凶恶的鬼魅与善良的天神！

在我的花园里

在我的花园里闪烁着白玫瑰，
白色的、红色的玫瑰闪烁，
在我的心灵里颤抖着胆怯幻想，
羞愧的，但热情奔放。
我只见过你一次，我的爱，
只是一次幻想遇见了幻想，
我心灵中那不可战胜的爱情
熊熊燃烧，不会熄灭。
我看着你那变苍白了的脸，
头发的波浪，如和谐梦幻的一绺发丝，
你的双眼里有黑暗召唤，
还有嘴唇，红色的嘴唇。
我和你一次的相识，我的爱，
就可称为明亮的幸福，
啊，我的影子，你无形但可见，
爱不会被忘却。
我的爱情——一串成熟果实盲目的沉醉，
在我的心灵里——回响着热烈的召唤，
在我的花园里——白玫瑰放着光辉，
还有那明艳、明艳的红玫瑰。

天　鹅

河湾已入眠。镜子一样的水面沉默不语。
只有那里，芦苇浅睡处，
可以听见谁的忧伤的歌，
像是心灵最后一次叹息。
这是弥留的天鹅在哭泣，
和自己的过往诉说，
天空中的晚霞快要燃尽，
一边燃烧，一边消逝。
为什么怨诉这么忧愁？
为什么胸口这么跳动？
此刻的它似乎想要
把一去不返的过往唤回。
担忧和快乐的生活曾所依靠的一切，
爱情所期望的一切，
幻影一般闪过，
永远不再复活。
那因不可补救的一切而起的忧伤，
在白天鹅的歌里吟唱，
就像它在亲爱的湖畔
祈求着宽恕。
当遥远的群星闪耀，
当雾在林深处升起，

天鹅唱得更安静,更忧郁,
芦苇窃窃私语。
它唱的不是生存之歌,而是灭亡之歌,
因为它歌于将死之时,
死亡面前,它第一次看到了
那永恒不变的、和解的真理。

我知道
——致拉赫维茨卡娅

我知道,有一天看见你,
我会永远爱你。
被选为温柔女子中的美丽庄重的一位,
我将等待——爱你——永无休止。
如果爱情的欺骗无处不在,
我们也会从爱情中得到快乐,
如果和你再一次相遇,
我们又会像无关人一样告别。
在罪过、微笑和梦之时,
我将——你也会——离得很远,
在为我们永远建立的国度里,
没有爱情,也没有放纵。

我将等待你

我将痛苦地等待你,
我将常年地等待你,
你用独特的甜蜜引诱我,
你承诺了永恒。
你的全部——是无言的不幸,
是照进迷雾尘世的偶然的光,
无法表达的冲动,
还未曾让我知晓。
你用永远低垂的脸庞,
用自己永远温柔的微笑,
用自己那并不稳健的步伐,
像慢慢飞翔的鸟儿的翅膀,
唤醒了我秘密沉睡的感受——
我知道,泪水不能压倒
你不知正注视何处的眼神,
还有你摇晃不定的双眸,
我不知道,你是否愿意,
嘴唇贴着嘴唇,依偎在我胸口,
我不知有更高的幸福,
除了和你单独在一起。

我不知,你是骤然的死,
还是不可升起的星,
但我将等待你,我的渴望,
我将等待你,直到永恒。

夜 雨

听雨，暗雾中它用老调子
敲打我的屋顶和露台。
雨的魂魄和我的心灵形影不离，
整整一夜我难以入睡。

回忆。童年岁月。
那座小村庄，我出生，成长。
我的旧花园，清浅的小河水。
岸坡上花儿似火一般开放。

回忆。人生第一次离别。
白桦林。深夜。六月。
她来了。可激情终归痛苦。
激情逝去，像远飞的白鹭。

回忆。心灵新的节日。
还有，还有——笑意在嘴角双眸。
和浅黄发色的、温柔的、黑眉毛的她在一起，
那爱的潮涌和星星般的传说。

我回忆一去不返的幸福,
再也没有通向它的路。
可雨敲击着——在阴雨天的音乐里,
在屋顶谱出一曲节奏均匀的小步舞。

1921

玛·拉赫维茨卡娅
(1869—1905)

　　诗人。生于圣彼得堡,在19世纪70年代中期前往莫斯科,考入莫斯科艺术学院。父亲去世后,随全家又回到圣彼得堡。第一部诗集1896年一经问世就获普希金奖金。拉赫维茨卡娅诗歌风格具有新浪漫主义特色,许多情诗是她与巴尔蒙特的互相唱和。

假若我的幸福是自由的雄鹰

假若我的幸福是自由的雄鹰,
假若它骄傲飞翔于蔚蓝晴空,
我会拉紧银弓射一支响箭,
无论生死都让它落入我的手中。

假若我的幸福是神奇的花卉,
假若它生长在陡峭的悬崖绝壁,
我会奋不顾身攀登将它摘取,
在花的芬芳里恣意沉醉。

假若我的幸福是稀有的指环,
已被河流卷裹的泥沙覆盖,
我会化作人鱼潜入水底,
让它在我的指间晶莹璀璨!

假若我的幸福藏于你心头,
我会用秘密的火将它点燃,
让它永远全部只属于我,
让它只为了我而颤抖、跳动!

1891

我的心像纯洁的白莲

我的心像纯洁的白莲,
生于忧愁寂静的水面,
感受月光的神秘温和,
把银色花冠舒展。

你的爱,像那朦胧的光线,
荡漾莫名魔力。
奇异的忧伤深深迷惑,
那彻骨冰寒
浸透了我芬芳的花朵。

1897

入睡的天鹅

我尘世的生活——如芦苇的嘶吼,
那莫名的沙沙声,
天鹅被它哄着入睡,
我惊惧不宁的魂灵。

远处时隐时现的船只,
都急匆匆在渴望中找寻,
海边平静的芦苇湾中,
忧愁弥漫,像承担着大地重负。

但是一个颤动的声音,
透过了沙沙作响的芦苇丛——
是醒来的瑟瑟的天鹅,
是我不死的魂灵。

向着自由世界飞翔,
那里风暴的气息配合浪花的低语,
在变化莫测的水里,
看得见永恒的晴空。

1897

在黑暗的高空烟雾重重

在黑暗的高空烟雾重重,
愁云惨雾中不见一颗星。
不要和我说幸福,
对于我,你比幸福更贵重。

默不作声,
对于永远等待和笃信的人,
痛苦让他们感到轻松。
一番沉默 —— 便是无限,
一次痛苦 —— 就是无穷。

1899

我爱你,像大海爱着日出

我爱你,像大海爱着日出,
像凌波的水仙爱着寒光闪烁的水面。
我爱你,像星星爱一轮金黄月,
像诗人爱自己的作品——幻想托举它升空。
我爱你,像火焰面前——蜉蝣般的飞蛾,
因爱情而筋疲力尽,因忧愁而痛苦万分。
我爱你,像嘶鸣的风爱着芦苇,
我爱你,用全部意志,用全部心弦。
我爱你,像爱那不可思议的梦:
胜过太阳,胜过幸福,胜过生命和春天。

1899

季·吉皮乌斯
（1869—1945）

  诗人，小说家，思想家，白银文学最耀眼的代表作家之一。吉皮乌斯和梅列日科夫斯基同为白银时代意识形态的奠基人，他们的婚姻在文学史上极具创造力。数十年漫长岁月中，两人未曾一日分离。吉皮乌斯的诗作里有"顽强的、悲剧性的自我肯定"，她指出爱情的价值正是在于忠贞和永恒。

雪　绒

沿一条没有车迹的荒凉小径，
在白色的黄昏，
我走向白雪皑皑的森林，
忧伤把我指引。

奇异的道路沉默不语，
微茫的森林沉默不语……
不是昏暗的烟雾降下
从那没有生气的天空——

雪绒缠绕飞舞，
轻柔的密密的一层，
无声、无边，
落在我的面前。

蓬松白色的雪绒，
像一群蜜蜂，
勇敢的雪绒在游戏，
追逐在我身后。

它们落下，落下……
离大地的根基越来越近……
但心儿异样地感到快乐，
对于这哑默和死亡。

混在一起，流在一起，
现实和梦境，
降得越来越低，
凶险的天庭——

我走着，跌跌撞撞，
顺从着命运，
心怀不可见的快乐
和思念——关于你。

我爱那不可到达的，
那不可能的，那不存在的……
最亲的孩子，
我唯一的光！

你温柔的呼吸
我在梦里能感觉到，
你将白雪轻轻、甜蜜地
覆盖在我身。

我知道，永恒将近，
我听见，血在变冷……
还有那无穷的哑默……
和昏暗……和爱情。

1894

爱情 —— 就一个

浪头只能一次
摔碎成泡沫。
心不能活在背叛里,
没有背叛:爱情 —— 就一个。

我们愤怒,或者游戏,
或者撒谎 —— 但内心一片平静。
我们永远不背叛:
一个心灵 —— 一个爱情。

单调而荒凉,
我们因单调而强大,
走过人生……在漫长人生里
爱情就一个,永远是一个。

只在不变中 —— 有无限,
只在坚定中 —— 有深刻。
道路越长,永恒越接近,
一切越发清晰:爱情就一个。

我们为爱而椎心泣血,
但忠诚的心灵——自会忠诚,
我们用一个爱情去爱……
唯一的爱情,就像唯一的死。

1896

雪

它又降落了,神奇的哑默,
轻轻摇摆,向下……
幸福的飞行让我的心甜蜜!
不存在的,它又重生……

不知从何处而来的一切又来了,
诱惑的寒冷和沉醉……
我永远等待它,像等待主的奇迹,
我知道已和它奇妙地融为一体。

纵然它又将离去——但我对失去并不畏惧。
这神秘的离去让我欣喜。
我永远等待它无声的重返,
等待你,啊,我亲切的,我的唯一。

它静静落下,慢慢地,威严地……
对它的胜利我感到无比的幸福……
尘世所有奇迹中,美丽的雪啊,
我爱着你……为什么爱——我竟不知。

1897

爱　情

我的心灵里没有存放苦难之地，
我的心灵 —— 是爱情。
她打碎了自己的愿望，
为了让愿望重新复活。

原初有言。等待言词吧。
它自会打开。
已行的事 —— 后必再行，
你们和他 —— 在一起。

最后的光将普照所有人，
根据一个标志。
前进吧，所有人，或哭或笑，
前进吧，所有人 —— 找到它。

找到它，我们会抵达尘世的解放，
奇迹将出现。
一切将于一个统一体里 ——
地和天。

1900

疆 界
——致德·费拉索法夫[1]

心充满期盼的幸福,
可能的和等待中的幸福,
但心也颤抖,畏惧,
如果愿望——一旦达成……
我们不敢接受人生的全部,
我们不会擎起幸福的重物,
我们想听声音——可害怕回声,
我们被边界的欢乐愿望所折磨,
我们永远害怕它们,永远痛苦,
我们走向死亡,幸福遥不可及……

1901

---

[1] 德·费拉索法夫(1872—1940),俄国政论家,文艺评论家,宗教、社会和政治活动家。

爱情笔记本
—— 信封上的题词

今天朝霞从乌云后面升起。
她用云幕隐身,与我分隔。
没有光也没有雾……火漆暗淡,
我的"爱情"被封在里边。

我想毁坏这印记……
但我的意志被"顺从"所困。
就让这合上的笔记本永远搁置吧,
就让我的爱情——永远诉说不完。

1901

她
—— 致勃洛克

在盛开的苍穹,
谁看到早晨那颗白色星。
谁就不会将勇敢秘密忘却,
那希望之乡的奇迹。

心灵,心灵,别惧怕寒冷!
早晨的苦寒 —— 接近天明。
可早晨鲜活,早晨年轻,
其中 —— 有火焰般呼吸的颤动。

我的心灵是自由心灵!
你比流逝的水更加纯净,
你 —— 碧绿、初醒的天体基础,
和那一颗明亮的晨星交相辉映!

1905

致勃洛克[1]

也许,所有这些都是最后一次,
最后的夜晚,春天时节……
门廊里疯狂的她在哭泣,
正向我们哀求什么。

之后我们坐在暗淡的灯下,
它宛如一缕轻烟闪着金黄,
迟迟敞开的窗玻璃
返照浅蓝色的晨光。

你,离开时,在栅栏前徘徊踟蹰,
我和你交谈,隔着窗。
新发的枝条历历如画,
映着比葡萄酒还青碧的天幕。

笔直的街空旷无人,
你走了——去找她,朝那里……

---

1 20世纪上半期圣彼得堡文化生活异常丰富,在一次诗学团体的聚会上,吉皮乌斯与勃洛克相识,两人惊讶地发现,他们对于许多问题的观点高度一致。但在十月革命后,两人友谊终结。

我不原谅。你的心灵是无辜的。

我不原谅她,永不。

1918

微 笑

相信我吧,不,我不会被悲伤诱惑,
那走过的长路的悲伤。
哎呀!顺从的心灵保存着
不可磨灭的苦痛印痕。

岁月流逝,但心永恒。
逝去的一切不会重返,
如今不可分割的爱情,
对于我,比所有快乐都珍贵。

其间没有幸福,没有恐惧,没有羞愧。
它将把我引向何方 —— 我不知……
我的心灵只认定一点:
我会改变 —— 但不会背叛。

爱情字眼

爱情,爱情……啊,甚至不是它 ——
我也曾坚定地爱过爱情的字眼。
其中我能察觉另外的存在,
它不可捉摸而且深不可测。

爱情的字眼在所有道路上燃烧,
所有道路 —— 在高山、在峡谷。
突然在并不美丽的嘴里出现,
笨拙地存于天真无邪的口中。

它们是丰富多样的,永远
是那忠实的、上天的、不会欺骗的谎言,
和我们的"不"和"是"合在一起,
组成一个联盟,几近疯狂和不可能,——

啊,反正得在谁人面前,为了什么,
谁,说出你们这燃烧的字眼!
钻石永远是钻石,虽然有时
佩戴的人未必和它相称。

心灵活着的时候,语言就活着。
它们可笑 —— 它们非凡。
我爱过、爱着爱情的字眼,
它把先知的秘密凝聚。

血

我召唤爱情,
向它剖开心。
鲜红、鲜红我的血,
寂静、寂静我的心。

你准备好拉住我的手,
用信仰包裹我的心。
鲜红、鲜红我的血,
寂静、寂静我的心。

不要顶撞那秘密的,
如今在这秘密里有我的心灵。
鲜红、鲜红我的血,
寂静、寂静我的心。

我们唯一的路,爱情!
把我们融进唯一的心吧!
鲜红、鲜红我的血,
未卜先知我的心……

1901

像从前一样

你忧伤的星,
并不曾让我快乐很久:
一闪 —— 在那里,
向大地 —— 陨落了黑色的石头。

你忧伤的心灵
不敢爱上微笑,
你匆匆地离去,
穿着黑色衣服。

但我永远把我的命运
和你的连接 —— 在一个希望。
无论你在何方 —— 我和你一起,
我爱你,像从前一样。

伊·布宁

(1870—1953)

作家,诗人,翻译家。俄国首位诺贝尔文学奖获得者(1933)。生于沃龙涅什省叶列茨县的一个古老、衰落的贵族家庭,在庄园里度过童年和少年时代。像好友高尔基一样,很早就开始在社会上独自谋生。布宁博览群书,但他认为创作源泉不是书本,而是和人们的接触。不接受十月革命,1919年流亡国外。

花园里翠菊凋零

花园里翠菊凋零,
窗下挺拔的槭树叶已黄,
寒雾笼罩着原野,
整日不散,一片白茫茫。
附近的树林安静了,
其中好像处处放射光明,
美丽,因为穿着
金子般的叶子做的衣裳。
但在这透亮的叶子下面,
密林里听不到一点儿声响……
秋天散发着忧愁,
秋天散发离别的感伤!

在这些日子里请沿着
久已沉寂的林荫路走一走吧,
看看熟悉的柳树,
用爱和愁苦的眼神。
在村庄的静夜里,
在秋天夜半的静谧里,
回想夜莺曾唱过的歌,
回想夏日的夜晚,
回想逝去的岁月,

就像春天,就像曾经的阴雨,
我们唤不回
过往的幸福时光……

1888

我拉住你的手

我拉住你的手,把它痴痴凝视,
你带着甜蜜倦意,不敢把双眼抬起:
手上,有你全部的存在,
我感觉到你的一切——灵魂和身体。

还要什么?还能更幸福吗?
可不安分的天使,挟着所有风和火,
那在世界的上空游历的、
用致命激情毁灭世界的天使啊,
正飞临我们头顶!

1898

又是梦,迷人而甜蜜……

又是梦,迷人而甜蜜,
美梦中,我快乐沉醉,
可爱的眼神偷偷召唤我,
亲切的微笑引诱我。

我知道——我又将被欺骗,
因为就快到了那黎明时分,
但在忧郁的白昼降临之前,
向我微笑吧——把我欺骗!

1898

孤 独[1]

有风，有雨，还有雾，
在一片漠漠寒水上空。
春到来之前，
这里的日子了无生机，
这里的花园不见绿意。
别墅里只我一人，画架边，
天昏地暗，冷风吹着窗户。

昨天你还曾在这儿，
但在我身旁你已感到忧郁。
遭逢阴雨天气的傍晚，
我曾觉得你仍是我的妻……
那永别了！我将独居，
总有法子活到春……

今日我久久散步，
还是大片乌云掠过，
门廊上你的足迹，
将被雨水化泥、洗净。
我将痛心地看着自己，
兀自走进傍晚前灰蒙蒙的雾气。

---

1 布宁曾被他热爱过的两个女人抛弃。

我多想大喊一声：
"回来吧，我已习惯了你！"
可对于女性，过去荡然无存：
不再相爱，就是陌生人。
好吧！我且烧热壁炉，饮下苦酒，
最好再买条狗陪我狩猎。

1903

歌

我是平凡的种瓜女郎。
他是渔夫,快乐开朗。
他的白帆常停泊河口湾里,
他曾眼见过几多大风大浪。

都说海峡上希腊姑娘的美
举世无双。可我又黑又瘦。
他的白帆即将驶向那大洋,
也许永远不会再回这地方。

我将日夜等候,风雨无阻,
等不到时,就要和瓜园结清账,
走到海边,先把戒指抛向水里,
再用自己黑色的发辫上吊身亡!

1903

我们偶然相遇在街角

我们偶然相遇在街角。
我正疾走着——忽然好像反光一闪,
透过黑色的放射光芒的睫毛,
划开了傍晚的昏暗。

她戴着面纱——透明轻薄的细纱
被春天的风瞬间扬起,
我捕捉到了曾经的活泼朝气。

她亲切地看了我一眼,
避开风,稍微低下脸,
消失在了街角……那是个春天,
她告别了我——也把我忘却。

1905

你是别人的新娘

你是别人的新娘,但你爱着,
只爱着我,
不要把我忘记,
直到最后时日。

你恭顺而谦和,
婚礼结束,跟在他身后离去。
你低垂着脸,
他看不到你的面容。

你成了他的妻子,
但你还不是和少女一样?
在你的举止间,
多少纯朴和美!

重新又会有背叛……
但是只会有一次,
在你充满爱意的眼里,
闪耀着涩温柔的光。

你不善于隐藏

你和他很陌生……

你不会忘记我,

永远、永远不会把我遗忘!

1906

我们并肩走着,但是……

我们并肩走着,但是你已下决心
不看我一眼,
在三月的风中,
消散了我们空虚的话语。

寒云闪着白光,
穿过雨中的花园,
你的面颊是白色的,
像花朵,眼睛碧蓝。

半开的嘴,
我逃避目光的相触,
曾经因无上幸福而显得空虚的
那个狂野世界,我和你并肩。

1917

静静的深夜里月儿升空

静静的深夜里月儿升空,
从那黑色的椴树林。
露台的门吱呀一声开启——
我听到了这微弱的响声。
争吵过后,我们都不能入睡,
但为了我们,为了我们
昏暗林荫路上花朵正散发芳馨,
在这甜蜜时刻。
那时我们——你十六岁,
我十七岁整,
可你还记得,是怎样
在月光下打开的门?
你用浸透泪水的
一方手帕捂住嘴唇,
我因温柔和痛苦
胸膛快要撕裂……
亲爱的朋友,如果我们能够
唤回此夜此情!

米·库兹明
(1872—1936)

　　白银时代最具神秘色彩的诗人之一,小说家,翻译家,作曲家。生于雅罗斯拉夫尔的贵族家庭。库兹明的抒情诗呼唤爱与美。

装玻璃珠子的小篮子

（1）
下雪了……一派忧伤苍茫笼罩天地。
每当这样的天气，
或在炎热和花开时，
我的忧伤全都关于你，我的骑兵少尉啊，
他的一缕发丝被我保存在五斗橱里。

人群中多么沉重和烦闷，
当我们无趣的邻居到来！
现在许久不能去见你！
因为下着雪。

工厂里没有笑语和娱乐，
闲暇时我只是把玻璃珠子穿在一起；
深红色的、绿色的、黄色的——
都是你的颜色。你可看到我在向你致意？
也许，在你的行军途中，
雪也在下着！

（2）
在圆形大厅里我看到
你们在手挽手地散步；
我听到了你们的低语，

当然你们没想到,
我的出现会把你们惊扰。

在穿行的过道,在圆桌上,
我看见了那里有一封信!
当你们在阳台,
当月亮从天际初升,
照亮了在窗间壁镜中的你们。

一切我都明白,都明白,
我不会心存侥幸自我安慰!
我的责备你们可曾听见?
我把绯红的脸变成苍白,
我要把你们的礼物退还!

啊,小小的篮子,让我亲吻你;
因为这是他给我的礼物!
把你还给他,我要报复:
提着你穿行过道,
就到那个,那个存放餐刀的小桌!

没有爱如何迎接春的来临

没有爱如何迎接春的来临,
告诉我,谁会让心僵硬冷酷,
当青草刚刚萌芽,
当冰融化时,发出快乐的轰鸣?

没有爱如何在镜子似的水面泛舟,
放开双桨,没有舵,没有目的?
莎士比亚对于恋爱的人来说难道不是加倍光明?
没有爱即使品尝蜜糖也觉苦涩。

没有爱如何踏上迢迢远路?
不知苍白的脸,也不知它瞬间变成绯红,
不等待信件,一次也不叹息,
当阅读献给旧式意大利女子的情诗衷曲?

没有爱你们如何去生活,
未曾爱过或不再爱着的你们?

1904

或许，我是在正午被孕育……

或许，我是在正午被孕育，
或许，我诞生于正午时辰，
从孩提时我就喜爱太阳
那照耀的光辉。
可一朝看见你的眼睛，
我开始不再钟爱白日：
为何我要爱单独一个太阳，
而你的眼中已有太阳一双？

1906

分离是福!

分离 —— 是福!
往昔看到的世界无穷尽。
像夏季过 —— 冬寒至:
所有人犹记太阳的温暖,虽然此刻它已暗淡。

枯萎的花朵,情书一摞,
微笑的双目,幸福的约定;
纵然如今道路黑暗且泥泞,
你也曾漫步在春天的芳草丛。

啊,这是爱的激情要学习的另一门课,
另有一条路,荒凉且宽阔。
啊,分离 —— 是福!
没有爱 —— 才是最苦涩的困厄。

1907

窗玻璃被严寒冻僵……

窗玻璃被严寒冻僵,
但心儿知道,
坚冰将融解,
春天来时,焕然一新。

房间里散发长明灯的气息,
忧愁被融化,
当我们知道,
快乐很快要降临。

法衣上的金子一亮,
蜡烛将被点燃,
期盼中的相聚——
破镜会重圆。

楼房闪烁着白雪。
我好像看到了相会,
点起蜡烛——
等待贤明的见面。

1907

我感觉

我感觉有四条腿,
所有的腿在行走。
更敏锐、更率直、更宽广,
我们眼睛的注视。

心脏成双跳动着,
(我的还是你的?)
该做就做,一举成功,
我们两人同心。

你的瞳仁被深褐液体
染成暗黑,
而我的是奇怪的灰色,
像一条河。

和爱的人再靠紧些!
心灵、身体、精神,
让我们像基路伯[1]一样站立吧,
变成天国的奇迹。

1924

---

1 智天使。根据天主教神学,智天使和六翼天使都属于最高级的天使阶层。

瓦·勃留索夫
（1873—1924）

　　诗人，小说家，剧作家，翻译家，文艺学家，文学理论批评家和历史学家。俄国象征主义奠基人之一。生于莫斯科商人家庭，文学活动始于1890年代。曾被称为"普希金主义者"和"俄国象征主义中的西欧派"。他的诗作里有两个相互冲突着的原则：一个是肯定生活和爱的原则，号召用劳动"占领"生活，为生存和建功立业斗争；另一个是悲观主义原则。

我偶然和她相遇了

我偶然和她相遇了,
我曾胆怯地梦想着她,
但这朝思暮想的秘密
在我的忧愁里藏身。

可一旦在金色瞬息,
我说出自己的秘密;
我看到羞红的脸儿,
听见那一声回答"我爱你"。

颤动的眼神燃烧起来,
嘴唇融为一体。
古老的爱情童话,
注定会永远年轻。

1893

从一封信里

亲爱的,请原谅,我想再一次重复
从前爱的誓词。
熟悉的言语,却又常新。
当我们要用这爱来取暖。

亲爱的,我知道:你爱我,
可我还要对一事祈求不停,
活着,死去,珍惜这幸福,
保证这光明之爱。

亲爱的,假如你把幻想
献给新的爱情,
请你以幸福的回忆为生,
为我把我们的泪水保存。

就让这年少的往事,
对于你像今朝一样美丽。
而我,亲爱的,那时就是忧愁
也会变成圣物藏在我心底。

1894

迷雾夜

浑身颤抖着,我站在门廊,
在我昨夜进入的那扇门前,
星座的字母正编织忧郁的诗行,
啊,炽热六月的迷雾夜!
在那里,敞开的露台上,
曾朝我俯视的燃烧目光,
亲爱的脸庞,
在激情的面具下改变了形状。
啊,迷雾夜!迷雾夜!
尘世快乐的秘密……
可我昨夜等待的难道是它!
我羞愧得浑身颤抖——我在笑!影子们啊,你
　　们对我说了谎!
六月的迷雾夜啊,你们对我说了谎!

1895

将 来

我躺在杜鹃花的芳香里,
我小睡在音乐的寂静里,
忧伤的呼吸滑过,
美丽心灵微微吹动。

在那里的某处,某个星球上,
你绝望地受着煎熬,
虚弱无力的梦想朝我飞来,
经过数百年时光。

我捕捉到了和音的声响,
领略了亲爱的苦恼,
在永远分手的界限之间,
我们用心灵在片刻间交融。

1895

都结束了

都结束了,我们不必联系。

——普希金

明亮夜,静寂夜,
狭窄的、长长的街!
匆匆,我跑着,落荒而逃,
穿过空旷人行道。
无力忍住幻想的狂热,
我重复古老的歌,
匆匆,我跑着,而透明夜
把那长长诱人的影子铺开。

我和你永远分手了,永远!
这是何意?这特别的、奇怪的词!
没有你,一年会来会过去,
那串暗无天日的光阴。
我们永不会再相聚,永不,
亲爱的人啊,我永远的向往!
我们永远分手了,永远……
永远?这特别的词是何意?

幻想隐秘的痛苦里有多少甜蜜。
我用这痛苦哄心灵入睡,
在这痛苦中找到了美的泉源,
我从精美的痛苦里得到享受。
我们永远不会成双成对……——我和你,
在这永远分手之前的边界上,
我在幻想隐秘的痛苦里把狂热找寻,
用这狂热哄心灵入睡。

1896

我爱另一个人

夏季黄昏草木葱茏,
重又是夏季黄昏……
我听见了你的声音:
"我爱另一个人。"

痛苦的心在发抖,
满是往昔的回忆……
静静的咿呀声清晰可闻:
"我爱另一个人。"

沉默吧,无味的怨艾:
走开,指责!不要再说!
咿呀声听着真真切切:
"我爱另一个人。"

1896

我爱你和天空

……在两个深渊之间……
　　　　　　　——丘特切夫[1]

我爱你和天空,
只是天空和你,
我以两个爱情为生,
爱着,我显现出生命。

在明朗的天空中——无边无际:
可爱的眼睛无边无际。
在明朗的目光里——无穷无尽:
我们有无穷无尽的天空。

我看着广漠的天空,我的目光
也被天空吞噬。
我看着你的双眼:它们也是——
像空间和时间一样遥远。

目光的深渊,天空的深渊!我,
像波涛中的一只天鹅,
在两个深渊中翱翔,

---

[1] 丘特切夫(1803—1873),十九世纪俄罗斯著名抒情诗人。

映照在自己的幻想中。

就这样,我们相爱着,
被抛向大地,又向上飞升,
我爱你和天空,
只是天空和你。

1897

天空和灰色的海

天空和灰色的海,
伸向无垠的哑默。
喜乐和痛苦在心中,
交汇成静谧的柔情。

对旁人——暴风雪呼啸,
拍岸浪怒吼。
和你在一起——万里晴空,
五彩缤纷祥和。

温顺的浪头定会安静,
当它向那浅滩涌去。
正如我怀着缱绻情思,
与你无言的形象相遇。

1900

致女人

你是——女人,你是——书中之书,
你是——卷起来的古老文稿;
一行行饱含着思想和言词,
一页页记录每个疯狂瞬间。

你是——女人,你是——妖巫毒饮!
它燃烧着火,几乎把双唇洞穿;
但酗酒之人的喊叫压倒了火焰,
被折磨中的他发出疯狂的赞美。

你是——女人,因此你无罪。
自古以来夺取了星星的王冠,
你是——主的形象在我们的深渊!

我们为了你而忍辱负重,
为你效劳,我们凿碎大山,
为你祈祷,从创世到如今。

1899

多少回

又是春天,那熟悉的圆圈
锁住了——多少回!
春的草地又发出新绿,
露水中,傍晚时分。

我看着——像映在黑暗池塘里的月影——
我最爱的眼睛的瞳仁,
唇和唇,颤抖着,紧相依……
紧相依——多少回!

长梦一般的时刻将到来,
它摇着哄着让我们入睡。
多么幸福,我爱恋……
我爱恋!——多少回!

幻想又在和谐的诗句里
放声唱——多少回!
月从高天上朝下望,
那只亘古荒寒的眼。

1907

马·沃洛申
（1877—1932）

诗人，画家，文艺评论家。生于基辅的一个法律学者之家，在莫斯科大学法律系学习了两年，1900年秋参加了一个骆驼商队去中亚草原和沙漠中旅行，为了"站在亚洲高原的高度，考察整个欧洲文化的历史"。历史、信仰是其诗作中的重要主题。

我爱那簌簌声……

我爱那慵倦的簌簌声,
从旧的信件中,从遥远的词汇里……
其间有芳香,其间有美丽,
来自正枯萎的花蕊。

我喜欢花体字的书写——
其间有干草缱绻的细语。
流利的字符,娴熟的笔触,
默默倾诉着忧郁的诗。

慵倦的美啊
让我如此亲切、倾倒……
这是知识之树
凋落的花蕊。

1904

欺骗我吧,但要彻底,直到永远

欺骗我吧……但要彻底,直到永远……
让我不探究原因,不记得何时……
让我自由地相信欺骗,不思索,
让我在黑暗中不加考虑地跟在谁人身后……
不知道谁来了,谁把我的目光吸引,
谁把我引进了看不见的迷宫大厅,
谁的呼吸有时在我面颊上燃烧,
谁如此紧地拉住我的手……
然而定睛一看,只是黑夜和雾……
欺骗我吧,请您自己对这欺骗深信不疑。

1911

有时是女孩儿的样貌,有时是老妇人的形象……

有时是女孩儿的样貌,有时是老妇人的形象,
有时忧愁,有时笑 —— 你敲我的门:
有时索要诗句,有时索要亲切,有时索要礼物,
作为交换,你给我温柔和花朵。

有时你悲哭着,藏入我的双膝,
有时像小蛇一样在地毯上起舞……
我知道孩子目光中的痛苦阴影,
和芬芳秀发里的神圣香馨。

什么样的幻想之火在你身上徒劳燃烧?
秘密的长明灯?还是平和的蜡烛?
啊,一切伟大、土地上无止境的……
世上再没有比忧伤更明朗的欢乐!

1911

你的爱情渴望这么多

你的爱情渴望这么多,
哭泣着、请求着、责怪着……
沉默而严格地爱他吧,
爱他吧,慢慢地心儿陶醉。

用白色火焰给他照明,
不生烟的、不忧愁的、不放纵的。
快乐地用身去爱他,
痛苦地用心去爱他。

愿爱情创造的幻影,
不要遮掩另一张脸,
用躯体和血液去爱他——
简单的、鲜活的、尘世的……

迷信地保存他的记号,
不要惧怕异教之敌……
准确地、忠实地爱他——
在心的深处爱他!

1914

亚·勃洛克
（1880—1921）

俄国象征主义集大成的诗人，作家，政论家，剧作家，文学批评家，20世纪俄国文学的经典作家。勃洛克的父亲是教授，母亲是作家。1903年与柳·德·门捷列娃——著名化学家门捷列夫的女儿结婚。勃洛克深受索洛维约夫的关于"索菲亚（世界灵魂、永恒的女性温柔之美）学说"影响。他的最美抒情诗被收入1905年的第一本诗集《丽人诗抄》中，抒情女主人公有着三副面孔：在宇宙层面上——世界灵魂；在宗教层面上——天国主宰；在日常生活层面上：自己的恋人。1906年，勃洛克又写下白银时代诗歌的扛鼎之作——《陌生女郎》。创作这首诗时，勃洛克正经历着妻子背叛的痛苦，从此不再讴歌非尘世的理想，转入对现实世界的关注。

生活像谜一样,黑暗

生活像谜一样,黑暗,
生活像坟墓一样,无声,
快从梦里醒来吧,
波涛一样汹涌的激情。

激情在胸中开始沸腾——
人们的痛苦被忘却,
前方什么也没有,
往昔被烟雾遮住。

到时只会有寂静,
笼罩在寒冷的心;
生活像谜一样,黑暗,
生活像沙漠一样,荒芜。

让我们用激情游戏,
在游戏中解脱苦痛。
够了,蠢人们,不要再向天空
无言地伸出双手。

你们的智慧找不到
云间的主,
命中注定会永远迷失于
空虚、默默无闻的环境。

如果在这空虚生活里
还有快乐——
这并非庸俗的平静,
这是爱的陶醉。

让我们用激情游戏吧,
让它的波涛把我们带走……
你们不会理解永恒,
生活像坟墓一样,无声。

1898

我走在雨夜的雾中

我走在雨夜的雾中,
在老房子里,窗前,
认出了我的忧愁那双
若有所思的眼睛。
她含着泪,独自一人
望向潮湿的远方……
我欣赏着,忘记了时间,
好像在她的模样里
认出了青春的往事。
她看了一眼。我的心缩紧,
灯火熄灭——黎明来临。
潮湿的清晨叩响
被她遗忘的玻璃窗。

1900

我等了很久——你出来得很晚

我等了很久——你出来得很晚,
但在等待中灵魂苏醒了,
昏暗笼罩,没流眼泪,
我尽力去看、去听。

当第一个火苗忽地一闪,
当圣言冲上天际,
坚冰化开,最后一块顽石掉落,
心就燃烧起来。

你在白色暴风雪中,在雪花呻吟中,
又化身为魔法师,
在永恒的光里,在永恒的叮咚声里,
天空和教堂合在一起。

1901

我们曾相会在晚霞满天

我们曾相会在晚霞满天,
你船桨一落,冲开了河湾,
我爱你的白色连衣裙,
胜过爱那幻想的图案……

无言的相会最是奇异。
前面——在长长的沙滩上,
傍晚的蜡烛已被点燃。
有人思忖着白色的美。

蔚蓝的寂静不可以包容
靠近,接近,燃烧……
我们就相会在那暮霭里,
盛开涟漪的湖水,芦苇岸。

无论愁,无论爱,无论气恼,
一切暗淡了,过去了,离开……
白色的身躯,祭祷的声音,
连同你的船桨金光闪闪。

1902

没有我,假如你的梦飞走了

没有我,假如你的梦飞走了,
飞向没有希望的迷雾重霄,
你要回忆那些遥远的夜晚,
孩子,请把静静阁楼的门敲一敲。

我活在城墙环绕的大地上方,
在"我们的"阁楼里度过黄昏。
来吧,我将安慰你,
亲爱的,亲爱的,我将把你拥抱。

我走入雪中,一去不回,
寒冷的风在旋转呼啸,
但"我"在雪地写下了"名字",孩子。
映着如火一般的晚照……

1902

我害怕与你遇见

我害怕与你遇见。
更害怕遇不到你。
我开始对一切感到惊奇,
一切让我满怀忧郁。

我不知街上走动的影子,
它们是活的还是在梦中。
无声滑过教堂的台阶,
我不敢向后看上一眼。

一双放在我肩头的手,
我不记得它们的姓名。
因为在我耳边正回响
不久前那场盛大葬礼的声音。

愁苦的天空低垂着,
庙宇一样笼盖大地。
我知道:你在此处,你在附近。
你不在此处,你在那里。

1902

开始吟唱的梦,开始缤纷的色彩……

开始吟唱的梦,开始缤纷的色彩,
正消失的白日,正熄灭的光。

打开窗,我看见了丁香花。
那是春季——飞逝的白日里。

繁花开了——在黑暗的屋檐,
欢腾的法衣影子在移动。

忧愁开始叹息,心灵开始燃烧,
我打开了窗,颤抖,战栗。

我不记得——从哪里朝脸上吹来的气息[1],
唱着歌儿,闪烁着,拾级而上。

1902

---

1 指索菲亚。"智慧具有非凡的活力,她是如此纯洁,以至她能透入一切之中。她是上帝之能的一口气——一股来自全能者的纯洁而闪光的荣耀之流。"(《圣经后典》)。

寒冷的一天

我和你曾相会在教堂,
住在快乐的花园,
但如今我们要在污秽的杂院里,
做可恶的工作。

我们经过所有的大门,
看到每一扇窗,
劳动多么沉重地
压在每个弯折的项背。

我们走到将居住的地方,
低矮的天花板下,
人们彼此咒骂,
被自己的苦工杀害的人们。

你从睡在地板上的人们中间走过,
尽量不弄脏自己的衣裙;
但他们的梦本身就是诅咒,
瞧那里——痰迹斑斑的角落……

你扭过头,过于轻信地
看了一下我的眼睛……
我的脸颊一颗沉醉的泪水
闪烁,滑落。

不!幸福——应该是悠闲的挂牵,
因为青春早已逝去。
我们要打发这劳作的世纪,
我是——锤子,你是——针。

坐下吧,缝补吧,看着窗子吧,
劳动四处把人们追逐,
那些更加不幸的人,
那些唱着长长的歌子的人。

我将在你身边劳作,
但愿,你不要想起我,
当我看到了杯之底,
在酒的绝望中沉没。

1906

陌生女郎

黄昏时下等小酒馆的上空,
一团团热气粗鄙而荒凉,
被春天和腐烂的魂灵附体,
狂徒们发出阵阵嘶喊。

远处,俯瞰街巷的缁尘,
和近郊别墅的愁闷,
面包铺的广告图案刚刚变金黄,
孩子的哭声就回响。

每晚在路栏外,
一群伶牙俐齿的翩翩公子哥儿,
斜戴圆礼帽,水道间,
和女士们一起徜徉。

吱吱呀呀泛舟湖面,
突然妇人的惊呼声响彻,
天上,早已洞悉一切,
圆盘木讷地做出鬼脸。

每晚唯一的朋友,
映照在我的杯盏。
被酸涩、神秘的潮湿包围,
像我一样,温良又迷惘。

几张邻桌边,
无精打采的侍者们僵立,
而酩酊的汉子红着兔子眼,
把"酒中有真理"叫嚷。

每晚到了约定之时,
(或仅仅是我梦里所见?)
一位身裹绫罗的女郎倩影,
于灰蒙蒙的窗口移行。

醉客当中,缓步走来,
永远一人,没有同伴,
呼吸着幽幽芳香和雾霭,
她坐在窗子旁。

仿佛散发着古老迷信的讯息,
那有弹力的丝绸衣裳,
帽缘别支黑翎毛,
瘦削的手,指环璀璨。

我被奇异的亲近感驱使,
朝她深色的面纱望去,
我看到令人迷醉的岸
和令人迷醉的远方。

秘密被暗中托付于我，
谁的太阳把我照临，
全部的心灵熠熠闪烁，
被酸涩的葡萄酒浆穿透。

那支低垂的鸵鸟羽毛，
在我脑海中晃动，
那双无底的蓝色瞳眸，
在遥远的岸盛放。

我的心灵拥有宝箱，
开启的钥匙只给了我！
你是对的：这沉醉的怪物！
我知道：真理在酒中蕴藏。

1906

俄罗斯

仿佛又回金色年代,
三副磨旧的皮马套颤动不已,
深陷泥土中的辐条,
把纷乱车辙的印记画出。

俄罗斯,一贫如洗的俄罗斯,
你灰的木屋,
风的歌吟,
像我初恋时掉落的点点泪珠。

我不善于把你怜悯,
只小心把自己的十字架背负……
任凭你把被劫掠的美,
交与哪个魔法师!

纵然被引诱、欺骗,
你不会死去,不会消失无踪,
只是忧虑遮盖了
你美丽的面容……

那又怎样?就让忧虑化成病痛,
就让眼泪流进滔滔大河,
你依然——森林连着旷野,
印花的头巾齐眉一束……

不幸中的万幸,
我可以轻松度过这漫长旅程,
当远远地从围巾下闪过
惊鸿一瞥,
当马车夫在低沉的歌里
把哀愁倾诉!

1908

您拦住我的去路……

您拦住我的去路,
这么活泼,这么美丽,
但这么痛苦不堪,
说的尽是些忧伤的事,
您思考死亡,
谁也不爱,
还蔑视自己的美——
怎么?难道我让您受到委屈?

啊,不!我不是暴徒,
不会欺骗也不会盛气凌人,
虽然我知道得很多,
从童年起就善感多思,
并且过于忙碌。
因为我是——一个作家,
叫万物名字的人,
从花中采蜜的人。

不管你谈到多少忧伤的事,
不管你思索多少生命的终结与开始,
但我还是在想,
您只有十五岁。
因为我希望,

您能爱上一个普通单纯的人,
他爱大地和天空,
胜过爱描述大地和天空的
白话和韵文。

真的,我将为您而高兴,
因为 —— 只有爱着的,
才有权被称为人。

1908

莫斯科清晨

黎明起身,心旷神怡,
我要去看雪地上那轻轻的足迹。
心旷神怡,我想起你,
想起你和我在一起,美丽的人。

我爱你,我的姑娘,
我无忧的青春,
和克里姆林宫透明的温存,
今晨——都恰如你的美丽。

1909

骑士长官的脚步……[1]

门口悬着沉重、厚实的帘幕,
深夜的窗子外——雾霭重重。
怎么?是你已厌倦了的自由,
认识唐璜后的恐惧?

豪华的卧室里寒冷而空虚,
仆人们睡着,夜凄清。
从那不甚明了的、遥远天国
传来公鸡的啼声。

天国之声对于背叛者有何意义?
生命不过须臾一瞬。
安娜夫人睡着,双手交叉在胸前,
安娜夫人做着梦……

她看见了谁的残酷面容,
在镜子里映出?
安娜,安娜,睡在坟茔中是否甜蜜?
非凡的梦魇是否甜蜜?

---

[1] 唐璜、安娜夫人、骑士长官:普希金小悲剧《石雕客人》中的人物。剧情为唐璜在教堂墓地偶遇并追求被自己在决斗中杀死的骑士长官的遗孀,最后被死者的石像复仇。

生活空洞、愚蠢、深不见底!
出来战斗吧,古老的厄运!
雪下坟茔中牧笛那胜利的、
迷恋的歌声已经回应……

黑的、静静的,像猫头鹰一样,像马达一样,
黑的、笨重的脚步声在夜里
火花四溅,飞越而来,
骑士长官走进房子……

门大开着,放肆连绵的敲门声,
好像午夜嘶哑的钟鸣——
钟在敲:"你邀请我来吃晚餐。
我来了,你准备好了吗……?"

对这残酷的问题没有回答,
没有回答——一片寂静。
豪华的卧室里正经历凌晨的可怕时分,
仆人们睡着,夜变白了。

凌晨时刻寒冷而奇怪,
凌晨时刻——夜已浑浊。
光明的女子啊!你在哪里,安娜夫人?
安娜!安娜!——一片寂静。

只是在早晨的浓雾中,
最后的钟声敲击:
安娜夫人在你的死亡时刻将起身。
安娜在死亡时刻即将起身。

1910—1912

又一次

又一次 —— 青春的热情骤起,
还有奋发努力和思想偏激……
但幸福不曾降临,也不会降临。
这怕已毋庸置疑。

熬过苦难岁月吧,
周遭都在把你窥伺。
一旦幸存下来,
你终会相信奇迹。

你最终也将看到
幸福不必存在,
这不可实现的幻想
不会占据我们半生光阴。

高举创作之杯吧,
让狂喜在边缘浸溢,
这狂喜已不是我的,而是我们的,
我们和世界加固了联系。

你只会偶尔温柔微笑,
当回忆起往昔,
起初我们习惯唤作幸福的,
只是童年飘渺的梦境!

1912

春来无边无际

啊,春来无边无际——
无边无际的幻想!
我会理解你,生活!我承受!
盾牌的叮当声是向你的致意!

失败,我承受,
成功,发出我的问候!
在恸哭的魔法中,
在笑的秘密里——不会蒙羞!

我承受彻夜无眠的内心争吵,
和透过黑窗帘的清晨,
为了我红肿的双眼,
被那春天刺激、迷醉!

我承受无人的荒村!
和城市的土坑!
云端光彩的自由,
和奴隶杂役的苦痛!

我和你相会在大门口——
你发间的毒蛇掀起飓风阵阵,
你冰冷紧闭的双唇,
带着主难解的指令……

在满含仇视的相遇之前,
我永远不会将盾牌丢弃……
你也永远不露出双肩……
我们头顶——醉醺醺的幻想同行!

我观察、衡量这敌意,
仇恨、诅咒、深爱着:
将有苦难,将有毁灭——可我知道——
都一样:我承受!

1914

致吉皮乌斯

生在荒芜岁月,
不记得自己走的路。
我们—— 俄罗斯可怕岁月的儿女 ——
什么都不能忘。

把人烧成焦炭的时代[1]啊!
这消息引起了你们的疯狂? 还是希冀?
在战争时期,在自由时期 ——
你们[2]的脸上都映着血光。

有寂静时刻 —— 长鸣的警报
迫使双唇默默无声。
纵然一度曾热情高涨,
心里还是那致命的虚空。

就让在我们灵床之上,
食腐的群鸭高叫飞翔,
落于谁的尸身,主啊,主啊,
谁就能看见你的天堂!

1914

---

[1] 1914年,第一次世界大战爆发。
[2] 指发战争横财的人。

你形单影只！不找伴侣……

你形单影只！不找伴侣
也不找寻志同道合的人。
你无情地把锋利的刀
刺入对幸福敞开的心。

"疯狂的朋友,你本可以幸福的!"

"凭什么?在这风雨如磐的日子
我们反正不能保有
那不死的幸福!"

1914

我们曾在一起,我记得……

我们曾在一起,我记得……
夜激动不已,小提琴唱歌……
你在这些日子里——是我的,
你每分每秒都变得更美丽……

透过静静琴弦的低语,
透过女子神秘的笑意,
亲吻找到了双唇,
心灵找到了小提琴的乐音……

1899—1918

萨·乔尔内
(1880—1932)

诗人,作家,创作了大量广受欢迎的抒情讽刺诗和小品文。

爱情应是幸福的

爱情应是幸福的，
这是爱情的权利。
爱情应是美丽的，
这是爱情的智慧。
在哪里你能见到这样的爱情？
在文书先生那里，在总司令部？
还是舞台上，剃了胡须的男高音
手套按住礼服的虚襟，
把由爱情、夜莺和月亮制成的
甜蜜奶油的泡沫搅出？
还是在诗人的抒情诗行，
将爱情和血的声韵押上，
并且永远不能餍足？

在"美好爱情"的脚下，
放着这只可怜的蓬蒿花环，
是我摘自她那已经荒芜的花圃……

1913

我的爱情

有人爱洗衣女工,有人爱侯爵小姐,
每个人都有自己的醉心花,
而我爱着看门人丽萨,
我们有——秋天的恋爱关系。

尽管丽萨在街区里公认是小性子的人,
炫耀爱情最是可笑!
可她毕竟从严厉的妈妈那儿,
几次跑来这里。

从墙上摘下自己的曼陀林琴,
雄赳赳地爬上陡梯,
我给了她一切:柯罗连科[1]的照片
和绿线串成的项链。

静静地,静静地,相互依偎着,
我们啃食腌制的杏仁。
风为我们弹奏十一月的赋格曲,
我们披上暖和的俄罗斯披肩。

丽萨的猫偷偷跟着她,

---

[1] 柯罗连科(1853—1921),俄国作家、政论家、社会活动家。

转悠着，闻着地板。
忽然，嘲弄地把脖子一弯，
坐在我们面前的桌上。

壁炉的仙人掌向我们伸着锐刺，
茶壶低声唔唔叫着，像熊蜂……
丽萨有一双神奇的温暖的手，
在她的每一只眼睛里——有瞪羚。

对于我们来说已不存在 20 世纪，
对于过往我们也并不怜惜：
我们两个鲁滨逊[1]，我们两个人，
静静啃着巴旦果实。

但前厅的门板扎扎响，
门身敞开……
丽萨走了，垂下眼帘，
去找自己严厉的妈妈。

旧桌子上的书页已被翻过，
手帕躺在地板上边。
帽子上黏黏的无花果打着滚儿，
椅子在角落里仰面朝天。

---

1 英国作家丹尼尔·笛福的长篇小说《鲁滨逊漂流记》（1719 年首次出版）的主人公。

丽萨走后,我还是要说,
为了清楚起见,
丽萨今年——三岁半,
为何要把真相对我们隐瞒?

1927

安·别雷
（1880—1934）

　　神秘主义作家，诗人，评论家，俄国象征主义和现代主义杰出文学家、活动家之一。生于莫斯科一个知识分子家庭，父亲是数学教授，母亲是歌唱家。别雷毕业于莫斯科大学数学系。其作品曾被认为是"唯一能在力度上和独特性上都充分反映两个世纪之交的虚无感"的创作。

孤身一人

窗户蒙着水汽。
明月照庭院。
你漫无目的,
站在窗边。

风。聒噪着,终归于沉寂,
一排白桦披着银辉。
多少愁苦……
多少泪痕……

一段寂寞岁月,
无意中浮现。
心在痛,在痛……
我孤身一人。

1900

爱　情

寂静时分。脚下惊涛拍岸。
你笑了,讲出一句告别的话:
"我们会再见的……下次见……"
可这是诳语,我和你都懂。

于是那一晚我们永别。
火焰染红了海空。
一只小船正扬着帆。
鸥鸟的鸣叫声在海面回旋。

我眺望远方,心中拥塞着惆怅。
那只隐隐约约的小船,随消散的朝霞
在祖母绿的温柔浪花里,
像一只天鹅,翅膀张开。

它在一望无际中飘逝。
衬着泛白、金色的天,
忽地雾蒙蒙升起一团云彩,
像块明亮紫水晶红光闪现。

1901—1902

太 阳
——致《我们要像那太阳一样》的作者

心被太阳点燃。
太阳 —— 向永恒的飞奔。
太阳 —— 永恒之窗,
向着夺目的金黄。

那金色卷发中的玫瑰。
被温柔吹动着的玫瑰。
金色的光在玫瑰丛中
释放出火红的热。

多少罪恶被烧融、磨成齑粉,
昔日它们曾压迫可怜的心。
如今我们的心灵 —— 像明镜,
只把金子一般的事物显映。

1903

致阿霞
——与阿霞告别之际 [1]

天空浅了,淡了:巨大石像的面容
映在影中:
从黑夜来到白日,
性急的顶峰将光芒闪烁。

一刻刻,一天天,
把我们永远连成一体:
你双眸燃烧着火,
在半阖的眼帘下。

最后的、忠实的、永远的朋友,
不要谴责我的沉默;
其中——有忧愁:那是羞涩的恐惧,
和对无法形容的爱的感知。

---

[1] 和柳·德·门捷列娃分手之后,别雷在1909年遇到了自己的缪斯——阿纳斯塔西娅·屠格涅娃(阿霞),两人的婚姻生活中总是聚少离多。

人智学[1]

你明亮的眼神中，我发现了自己，——
其中不曾包容的，我已重新包容：
我爱你目光中映照出来的自己，
欣然接受在你目光中的我自己。

你明亮的眼神：我随之沉没的眼神，
充满平静和快乐，
沉向那存在的广漠空间，
沉向那至善的广漠空间。

我们被太阳的强力联结，
这力量来自光明愉快的梦……
我们的心灵像春天的雨，
我们之间泪水纷纷，洒落不停。

燃烧、沸腾、炫彩的眼睛，
是若隐若现的闪电之深渊，
燃烧、沸腾、炫彩的眼睛，
一切都更真、更亮、更宏伟。

---

1 宗教—神秘主义学说。由鲁道夫·施泰纳于1912年创立，目的是在思维的帮助下，打开、拓宽人的自我发展和心灵认识能力。

"你"和"我",像平静的幻梦,
在这难以描述的世上消融……
我们相遇在时间的界限之外,
两个幸福的、被善待的孩童。

1918

有翅膀的心灵

你那双眼睛的蔚蓝色
在我心头掠过一阵清风:
心灵被你照亮……
它用春鸟的啁啾啼鸣
飞进了你的蔚蓝晴空。

1918

等着我

遥远的、亲爱的,
等着我……

遥远的、亲爱的:
我——定会来……

你的眼睛将变成——
我的两颗星。

迷雾中有两颗星——
为你指路。

我们隔着天涯,
——相望。

天涯将会化成:
青烟。

我们之间,蓦地响起了,
岁月私语。

我们之间,忽然闪耀着,
一片光明。

1924

尼·克柳耶夫
（1884—1937）

诗人。20世纪"新农民诗派"的著名代表。克柳耶夫出生地是俄罗斯北方农村最蒙昧落后的地区之一，从母亲那里继承了对民歌、心灵诗歌、童话和传说故事的热爱。

离别时

我本想恸哭,我亲爱的,
在这绝望、无望的离别时候,
可绿松石般的晴空那么柔美,
小河闪烁的水面歌一样奔流。

我像一只海鸥爱河上的远空 ——
庙宇的身姿隐没于云烟之后,
其中多少鲜活但严酷的伤痛,
那摇篮曲的哼唱与乡愁。

离别时我没有哭泣,
瞒过别人埋葬自己的愤恨和眼泪,
我预先看到远方我们的双翼
冲破层层迷雾飞到梦想之洲。

孩子,双翼坚强的大军不可胜数,
那准备迁徙而相聚一起的雄鹰,
可在遥遥远方究竟是落日草原
还是异域海岸的蔚蓝春景?

或者还是此地一样的千里平畴,
阵阵呼啸声掠过田野沙丘,
高阁中我的遗训公主为光明勇士,
是否不再叹息掩泣、悲伤泪流?

1909

维·赫列勃尼科夫
（1885—1922）

　　白银时代最有影响力的诗人之一，"地球代表"——乌托邦社会创始人，先锋派小说家，俄国未来派缔造者之一。赫列勃尼科夫致力于重建失去的世界和谐，重建人与时代、个体与宇宙、创作和历史的和谐，对诗歌语言进行大刀阔斧的改造。

当人们恋爱时

当人们恋爱时,
做出久久的凝视,
发出久久的叹息。
当野兽恋爱时,
向眼睛注入渣滓,
咬紧泡沫的嚼环。
当恒星恋爱时,
给黑夜覆盖泥土的织物,
舞蹈着奔向自己的伴侣。
当天神恋爱时,
会让宇宙发出轻轻的颤抖,
像普希金——曾狂热爱着沃尔康斯基家的
　女仆。[1]

---

[1] 沃尔康斯基(1788—1865),1812年卫国战争英雄,十二月党人。普希金曾爱上他家的一个名叫娜塔莎的侍女,参阅普希金的《致娜塔莎》(1814)。

符·霍达谢维奇
（1886—1939）

　　诗人，批评家，回忆录作家，翻译家。生于莫斯科，父亲是波兰人，母亲是犹太人。霍达谢维奇的抒情诗作在白银时代诗歌史中占有重要位置。

雨

我对一切感到愉快:城市已淋湿,
昨天还落满尘埃的屋顶,
今天,像那光亮的丝绸,
闪耀一道道银色水溪。

我愉快,我的激情已干枯。
微笑看着窗外,
你匆匆走过,
沿着湿滑的街,独自一人。

我愉快,因为雨开始下得更大,
你忙走到别人的门前躲避,
你将把湿漉漉的伞倒悬,
你将抖落身上的雨。

我愉快,因为你已经把我忘记,
等你从那个台阶下来,
你不会看一眼我的窗户,
你不会看一眼我的脸。

我愉快,因为你从身旁经过,
我到底还是见到了你,
如此优美如此平静地
走过去了爱情的春天。

1908

朝圣者走过去，拄着手杖

朝圣者走过去，拄着手杖，
不知为何我想起了你。
轻便马车的红轮奔驰——
不知为何我想起了你。
每晚电灯在走廊里点亮——
我必然会想起你。
无论发生什么，在陆地，在海洋，
或者在天上，——我总是要回忆你。

1922

尼·古米廖夫
(1886—1921)

诗人，散文作家，翻译家，文学批评家，旅行家。白银时代俄国诗歌最著名的代表之一，创立阿克梅派。阿赫玛托娃的第一任丈夫。两人是皇村中学校友，1910年结婚，四年之后，和平分手。古米廖夫曾有多段恋情，对阿赫玛托娃却始终不能忘怀。古米廖夫的诗作主题涉及爱情、艺术、人生和死亡。诗人的生命虽然短暂，但硕果累累，出版十部达到顶级语言造诣的诗集。

十四行诗

像古时占领兵,穿着铁铠甲,
我踏上征程,快乐行进,
时而在美好的花园休整。
时而低头把无底深渊看个究竟。

有时迷乱的天空没有星星!
雾气迷蒙……但我很大胆,等待……
永远相信我的那颗星,
我,一名穿铁铠甲的占领兵。

假如这世上不可能
解除最后一环束缚,
那么让死神来吧,我招呼它 —— 亲爱的!

我与它将战斗到底,
或许,我还能用死去的手
唤醒一株蓝色的百合花。

1905

长颈鹿

今天,我看到你特别忧郁的眼神,
用特别纤细的手臂环绕着双膝。
你听:在那遥远遥远的乍得湖畔,
徜徉着美丽的长颈鹿一只。

它是那么优雅、匀称而安乐,
身上装饰奇妙的花纹。
只有摇碎在宽阔湖水中的蒙蒙月光,
敢与这件华丽的霓裳比美。

远远一望,它像船上一张彩色风帆,
平稳的奔跑像喜悦的鸟儿飞翔。
我知道,大地曾目睹许多奇妙景象,
日落时分,它会在大理石洞穴躲藏。

我知道神秘国度的快乐传奇,
关于黑皮肤姑娘和热情的年青酋长,
可你在幽暗的雾霭中呼吸太久,
除阴雨外什么都不想相信。

当我向你讲起那热带果园,
讲起整齐的棕榈树和不可思议的草的香气……
你哭了吗?你听……万里之外的乍得湖滨,
一只美丽的长颈鹿在游弋。

1907

心灵的园地

我心灵的园地永远欣欣向荣,
清凉的风永远徐徐吹动,
有金的沙粒和黑色大理石,
一座座水池幽深而透明。

奇异的植物如幻如梦,
像清晨的水面,百鸟被染红,
可谁能懂得这古老秘密的暗语?
一位头戴伟大祭司桂冠的少女在园中。

眼睛像钢铁纯灰的反光,
前额比东方的百合还洁白秀美,
双唇不曾被任何人亲吻,
也不曾对任何人发出声。

盈盈粉颊如一粒南方珍珠,
那不可思议的幻想中的宝物,
双手还只温存碰触过彼此,
祈祷时相握,安静又虔诚。

脚踝强健如同两只黑猎豹,
裹身的兽皮显出金属色泽。
从神秘洞穴的玫瑰花丛里纵身一跃,
她的火烈鸟遨游在蔚蓝晴空。

这大千世界我不看一眼,
我的幻想只臣服于永恒。
就让西洛可风[1]呼啸在沙漠,
我心灵的园地永远欣欣向荣。

1907

---

1 南欧及北非的燥热风。

唐璜

我的梦想倨傲而简单,
抓住船桨,把脚伸进马镫,
骗过迟缓的时间,
偷吻新的嘴唇。

晚年接受基督的遗教,
低眉垂首,撒一撮香灰,
把拯救的重负举到胸口,
那沉甸甸的铁十字!

只是在胜利的狂欢宴席,
突然清醒,像可怜的梦游病人,
我惧怕自己生活道路的虚静。

回忆起一个多余的存在,
我没有和女人生下孩子,
也从未和男人成为弟兄。

1910

你说了几句空话……

你说了几句空话,
姑娘却喜笑颜开,
她梳着金色卷发,
快乐得像在过节。
如今对着教堂的所有祭司,
她的祈祷只是为你。
你成了她的太阳,她的青天,
你成了她亲切的甘霖。
预感到暴风雨,她的双眸暗淡了神采。
经常叹息,让人诧异。
别说她只送给你玫瑰花,
如果你需要,她会将生命也拿来。

我单调的日子闪现……

我单调日子闪现的
只是痛苦,
像玫瑰花在凋零,
夜莺正死亡。

但她也忧愁,
我那消逝的爱情,
在她缎子一样的肌肤下,
流淌着有毒的血。

如果我还活在世间,
只为一个梦想:
我们两人像盲眼的孩子,
去攀登高山之巅。

去只有山羊游荡的峡谷,
去白云最深之处,
寻找枯萎的玫瑰一朵,
听死去的夜莺鸟放歌。

我曾信仰、思索

我曾信仰、思索，终于等来世间光明一瞬：
造就之后，造物主把我永远交给了无常的命运；
被出卖了！我不再是神的！卖方离去，
买方打量我，眼含辛辣的嘲讽。

"昨日"在身后像飞翔的山峰一样疾驰，
"明天"似一个深渊，横在我前面，
我走着……但有一天，山峰会跌入深谷，
我知道，知道，我的路徒劳无功。

如果我凭意志把人们征服，
如果灵感深夜里为我而来，
如果我知道秘密所在——诗人的、巫师的、
　宇宙统治者的——
那么我的下坠将更为悲惨。

我曾梦见自己的心不再疼痛，
它像黄色中国的一只陶瓷铃，
于五彩斑斓的塔顶……悬挂着发出亲切梵音，
引得雁行频频回顾从珐琅似的天空。

有位身穿红丝绸的沉静少女,
衣裙上用金线绣着蜜蜂、花朵和龙,
她盘腿端坐,无思也无梦,
正凝神谛听佛铃那轻轻、轻轻的摇动声。

1911

现代性

合上《伊利亚特》[1]，我依窗而坐。
最后一个词在唇齿间颤动。
是什么正闪闪发光——路灯或明月，
但见哨兵的身影缓缓移行。

我常像这样投去审视的目光，
也常遇到许多眼神报以回应，
来自轮船小屋暗影里的有历险故事的奥德修斯[2]们，
和立于饭馆侍者中间的一群烂醉的阿伽门农[3]。

同样，我看到了遥远的西伯利亚，风暴正哭泣，
剑齿象被冻毙在银色冰块中，
它们用默默的忧愁摇动漫天雪花，
用殷红的血——正是它们的血——让地平线燃烧沸腾。

---

1 相传是由盲诗人荷马所作的史诗。
2 古希腊神话中的英雄。在海上漂流十年，终于返乡。
3 古希腊神话中的迈锡尼国王，特洛伊战争中希腊联军的统帅。战争结束后，回到家乡，却被妻子谋害。

我因书而忧，因月而愁，
也许我完全不需要豪杰英雄……
走在林荫道上的情侣们温柔似水，
像达夫尼斯和赫洛娅[1]一样的中学生。

1911

---

[1] 两个古希腊神话人物，恩爱夫妻的别称。

两朵玫瑰

在伊甸园[1]的门前,
有两朵怒放的玫瑰,
但玫瑰——激情的象征,
而激情——大地的产物。

一朵是温柔的粉红色,
像姑娘在爱人面前含着羞赧,
另一朵迸发紫红色的光,
周身像燃烧爱的火焰。

可它们都开放在"知识的门槛"前……
难道至高无上的主就这样认定,
激情燃烧的秘密
归于天国的秘密?!

1912

1《圣经》中上帝为亚当夏娃创造的乐园,泛指地上的乐园。

您还会不止一次地回忆我……

您还会不止一次地回忆我,
和我不安、奇特的整个世界,
由诗歌和火组成的荒唐世界,
和其他人的相比,却是统一的、不含欺骗。

它可以成为您的但是没有,
它在您的眼中显得太少或太多,
也许因为我的诗写得不好,
而您却得到主的偏爱眷顾。

可每次当您无力地俯下身,
您将会说:"我不敢去回忆,
因为另一个世界曾让我着迷,
它如此单纯,粗犷而美丽。"

1917

想着你

想着你,想着你,想着你,
根本不想我自己!
人类暗无天日的厄运里,
你——像激情的召唤,
引领着我登峰造极。

你高贵的心灵,
如久远岁月的一枚徽章。
所有生于尘世,
平凡人的生活因此而高尚。

如果光明骄傲的星辰,
不再照临我们的大地,
她有最闪亮的两颗星,
这是你无畏的眼睛。

当金色六翼天使号声响彻,
通知大限已至,
那时我们将在他面前举起你的白手帕,
像举起我们的护身符一样。

发颤的号声静下来,
六翼天使在高空中消逝……
想着你,想着你,想着你,
根本不想我自己!

1917—1918

我不再爱她

当痛苦让我筋疲力尽时,
我不再爱她,
不知是谁的一双苍白手臂
放在我的心头。

谁的忧伤的双眸
轻轻呼唤我朝后转,
在寒夜的黑暗中,
不知何方的哀求声变得滚烫。

我因痛苦而哭泣,
把自己的生活诅咒,
我重又亲吻那苍白手臂
和她静静的眼睛。

不,什么都未改……

不,什么都未改,
在贫穷、单纯的大自然中,
一切只被那无以言表的美
神奇照亮。

也许人的脆弱肉体
就这样生于凡尘,
当从无边黑暗中被主召唤
在最后审判之际。

你得知道,我骄傲的朋友,我温柔的朋友,
和你,只是和你一人,
棕红头发,雪白肌肤,
我才片刻成为自己。

你微微一笑,亲爱的,
你自己也不曾懂得,
你是怎样的闪耀,
而你周围的黑暗是怎样的深浓。

1920

经过多少年后

经过多少年后
我返回故里,
但我是流亡者,
被人们监视。

——我曾等待你,
等了这么长日子!
为了我们的爱
能相伴朝夕。

——在他乡,
虚度了我的光阴,
生活在飞驰,
我竟没发觉。

——我的生活对于我
曾经很甜蜜,
我曾等待你,
梦见了你。

死亡在我的房子里,
也在你的,
死亡不足惧,
只要我们在一起。

1921

伊·谢维里亚宁
（1887—1941）

　　诗人。生于彼得堡官宦家庭。1918年，在莫斯科政治博物馆的诗歌晚会上荣膺"诗歌之王"桂冠后出走爱沙尼亚。谢维里亚宁的许多诗被谱成歌，成为家喻户晓的浪漫曲。

星　星

在不眠之夜我们把香槟酒杯
频频高举，祝愿声声不停，
为了生活的幸福，我们的幸福。
而星星正放射光辉。

葡萄酒吱吱响，葡萄酒冒着气泡，
眼神燃烧，灼热。
——我们的理想，——
你突然说，——
就像那星星一样
明亮！

泪在流，欣喜的泪水……
幸福时刻！我看到你们了吗？
晨歌响起。幻想如昙花一现。
而那星星……
已熄灭了光焰。

1907

什么都没讲

这才是在不久以前,
可对于心这样久长……
西天梦想紫罗兰,
黑暗里映着它的形象。

你来找我了——正如早晨,
正如春天的一缕霞光,
你安静地微笑,
什么都没讲。

殷勤的月色,
哄着贪睡的小河入梦乡,
不知哪里歌声隐隐,
就像远处波涛的激荡。

我看着你入了迷,
什么都没讲,
你用皱绸衣裙隐藏起羞怯,——
蓝色的,像那海洋。

我们无言的相见啊,
一切都被你照亮!
这才是在不久以前,
可对于心这样久长……

1908

假若你遇见一个娴静女子

假若你遇见一个娴静女子,
如同在梦的沙沙声中走过,
带着单纯的心和伟大的灵魂,
你要知道,这——就是她!

假若你遇见一个窈窕女子,
像琴弦一样善感多愁,
干净地过着自己艰难的生活,
你要知道,这——就是她!

假若你在一张字条下面,
看到比生命和春天还美好的名字,
你要知道,这个女子——和我心有灵犀,
你要知道,这——就是她!

为什么我没和你相会……

为什么我没和你相会
在夜晚湖边,沉睡河畔,
在山谷,针叶林前?
为什么我没和你幻想
从晚霞落下到朝霞满天?
这真像一件幸福的事啊,
你在那里默默无言!

1909

太阳与大海

大海爱太阳,太阳也爱着海……
海浪轻抚这宇宙明亮的恒星,
轻抚着它,淹没了它,像把梦想淹没在一只双
　　耳瓶;
可早晨一醒,太阳又闪耀光彩!

太阳从不辜负,也从不怪罪,
钟情的海又一次相信了太阳的爱……
过去和未来,永远是这样,
只是大海对于太阳那无穷能量从不了解!

1910

故事发生在海边

故事发生在海边,
海上的泡沫像纷纷雪花。
那里很少遇见城市车马……
公主在高塔的深宫中弹着肖邦,
少年侍卫倾听乐曲,爱上了她。

一切那样简单,一切那样美:
公主让少年侍卫把石榴果剖开,
一半赐给了他,
公主深爱痛苦的侍卫,
奏鸣曲旋律已让她迷醉。

她竟委身于少年侍卫,
宫娥们到来前女士一直酣眠,
故事发生在海边,
浪涛碧绿,
海上的泡沫像纷纷雪花,
少年侍卫和奏鸣曲
一同在天涯。

1910

短　歌

为俄罗斯歌唱——我们要去那庙宇，
沿着山麓的森林，沿着田野的绿茵……

为俄罗斯歌唱——我们要和春天相拥，
等待未婚的妻子，安慰母亲……

为俄罗斯歌唱——我们要忘掉伤痛，
爱上爱情，活到不朽的永生。

1925

它们都在说一件事……

修道院花园里的夜莺,
像大地上所有的夜莺,
它们只在说一个快乐,
这快乐就是——在爱情中……
修道院草坪上的花,
带着花特有的亲切,
它们在说唯一的效劳:
就是触碰爱人的嘴唇……
修道院森林的湖泊,
溢满浅蓝色的湖水,
它们说:我们的蓝色比不过
任何一个钟情之人的眼神。

1927

尼·阿格尼夫采夫
（1888—1932）

诗人，剧作家，著名的儿童文学作家。1906年考入圣彼得堡大学历史语文系，但未完成学业，在学生运动风起云涌的年代，第一次革命的大事件反映在早期的著作中——《大学生的歌曲、讽刺和幽默》。阿格尼夫采夫创作的歌曲被演唱，本人也经常献艺舞台。

走出艾尔米塔什宫的夫人

啊,我走着多么累啊,
告别了皇宫舞会之后!
在艾尔米塔什宫皇帝本人
今天和我曾共舞!

直到现在一切如在眼前,
闪耀的帝国勋章,
皇后的嘉许
和皇太子的点头行礼。

啊,那里的制服时隐时现!
(你要知道,真是人头攒动!)
勋章获得者、穿护身甲的骑兵,
近卫军骑兵军将领和军校的学生。

但到现在为止
比所有勋章获得者更让我激动的
是一位神秘莫测的军官
朝我的双肩扫过的眼神!

我本可以回应他，
但那里，我的丈夫
紧闭颤抖的嘴唇，
朝他走了过去！

对不起！你们可能会问，
我的丈夫是谁？……啊，该怎么和你们说呢……
在光辉灿烂的来宾名册里，
唉，他可排不上！

他是我手中的玩具！
你们可曾听说过他？
亚历山大·谢尔盖耶维奇·普希金，
一个宫廷的低级侍从和诗人！……[1]

---

[1] 沙皇尼古拉一世曾任命普希金为低级宫廷侍从。此节借女主人公对普希金的轻视，嘲讽了她的贪慕虚荣。

白色华尔兹

叮当响起来吧,白色华尔兹,
为风流多情又拿腔作势的舞台响起来,
为沉寂已久的过去时光响起来,
为过去的爱与背叛响起来!

变得昏暗的自鸣钟飘落了清音,
会施魔法的夜把大酒杯举起……
一对孤独的白色舞者在白色柱子旁,
旋转起白色华尔兹的舞步……

啊,华尔兹,叮当响起来吧,
讲一讲过去时光!

他们在镶木地板上默默起舞……
但是你快看一眼男舞伴的脸:
他的脸和衣服有点儿奇怪,
奇怪的脸、衣服和姿态!

但是朝她也望上一眼:女舞伴是那样的奇怪……
一动不动地垂着睫毛:
目光凝固……她是那样、那样的苍白,
好像直接从坟墓到舞场里来!

啊，华尔兹，叮当响起来吧，
讲一讲过去时光！

白色透明大厅的柱子之间，
他们在自己奇怪的华尔兹中闪耀洁白……
听到窗外鸡鸣不已，
立刻在静静忧愁里消失不见……

啊，叮当响起来吧，老式华尔兹，在我们千篇一
　　律的灰色今天，
请透过恼人的喧嚣叮当作响：
那时男舞伴会穿紧身的丝绸衣衫，
那时浓妆的女士有骄傲的肩膀！

啊，华尔兹，叮当响起来吧，
讲一讲过去时光！

1921

安·阿赫玛托娃
（1889—1966）

诗人，翻译家，文学研究家。20世纪俄国诗歌的最重要的创作者之一。生于敖德萨。第一部诗集《黄昏集》发表于1912年。1914年出版的诗集《念珠》给阿赫玛托娃带来声誉。女诗人具有坚强个性，在她早期诗篇里，描绘爱情的欢乐和苦痛，经常出现基于悲剧性体验的心理剧场景。有俄国评论家指出，阿赫玛托娃作品特色为"坚信日常生活的道德基础、模仿古典风格抒发自己的思想、对人的心理心灵状态的准确解释以及对那个时代巨大悲剧的意识和感悟"。

灰眼睛国王

光荣属于你,无休无尽的痛苦!
昨天灰眼睛国王死去了。

秋日闷热的傍晚夕阳正红,
我的丈夫回来平静地说:

"知道吗,从猎场上把他带回,
在老橡树边发现的尸身。

王后多可怜。年纪轻轻!
一夜之间就白了头。"

他在壁炉上找到自己的烟斗,
值夜班去了。

我马上要叫醒我的女儿,
要看一下她灰色的眼睛。

窗外白杨树哗哗作响:
"你的灰眼睛国王已不在人世……"

1910

心和心无法绑在一起

心和心无法绑在一起，
走吧——只要你愿意。
多少幸福已准备好，
给那些想离开的人。

我不哭泣，也不抱怨，
幸福不会为我降临。
不要亲吻疲惫的我，
亲吻我的将是死神。

悲伤痛苦的日子已过去，
伴着白色严冬一季。
可为什么，可为什么，
你总是好过我选择的人？

1911

心中太阳的记忆在模糊

心中太阳的记忆在模糊。
青草变得萎黄。
风中隐隐约约
吹拂初雪的气息。

狭窄运河的涟漪已不再泛起,——
河水将成冰。
这里永远不会发生任何事情,——
啊,永不!

柳树林摇在虚空中的一把羽扇
已变稀薄,
也许,没成为你的妻子,
这样更好。

心中太阳的记忆在模糊。
这是什么?黑暗?
也许!严冬会在一夜间
降临。

1911

放下深色面纱,我攥紧双手

放下深色面纱,我攥紧双手,
"为什么你今天这么苍白?"
—— 因为我刚用酸涩的忧愁,
让他痛饮到一醉方休。

怎能忘?他离开时步子晃晃悠悠,
嘴唇痛苦地扭曲……
我跑出去,栏杆都不去扶,
追他跑到大门口。

我屏住呼吸,朝他大吼:
"这一切都是开玩笑。我会死,别走。"
他却平静而可怕地微微一笑:
对我说:"别让风吹着了头。"

1911

我学会简单、贤明地活着

我学会简单、贤明地活着,
看看天空,祷告一下上帝,
傍晚前久久地徜徉漫步,
不让忧虑随黑暗一同降临。

当峡谷里牛蒡草发出声响,
甜香的花楸果自枝上脱落,
我会写下那些快乐诗句,
献给生活的美好和那些无常。

小猫轻叫着迎我归来,
毛茸茸的它舔我手掌,
明亮的灯火将要照耀,
在那湖滨锯木厂的塔楼上。

只是间或一只鹳鸟飞来屋顶
声声啼鸣打破宁静。
如果你来敲我房门,
甚至我会难以听清。

1912

我将男友送到前厅

我将男友送到前厅。
金色尘埃里我们站了片刻。
邻近的塔楼
送来声声傲慢的晚钟。

被他抛弃了!这简直说不通——
难道我是花一朵或信一封?
于是双眼冷峻看着那
渐渐暗淡的窗间壁镜。

1913

我不祈求你的爱情

我不祈求你的爱情。
你现在另有所爱……
相信吧:我不会给你的未婚妻
写出无数封嫉妒的信。

但请接受我明智的建议:
让她读读我们的诗,
让她保存我们的合影,
未婚夫就要这样殷勤!

比起愉快清谈的友谊,
比起对最初温柔的回忆,
这个傻女孩儿更需要
意识到自己大获全胜……

可当你和亲爱的女友
花光了幸福的铜钱,
当对于容易厌倦的心,
一切都立刻会变得这样无趣,

在我庄严盛大的夜里,
不要来找我。和你已陌生。
能为你做些什么?
我不能将幸福的人治愈。

1914

海滨花园的道路显出幽暗

海滨花园的道路显出幽暗,
黄色的街灯放射光明。
我很平静。只是不要和我
把他谈论。
你可爱并忠实,我们会是挚友……
散步、亲吻、变老……
轻松的日子就像那雪一般的星
飞翔在我们头顶。

1914

像水井深处的一块白石

像水井深处的一块白石,
我的记忆也这样被封存。
我不能也不想和它搏斗:
它是快乐又是苦痛。

如果有人从近旁端详,
他会把我眼中的秘密看清。
悲伤往事对于聆听者
会变得更加凄恻更加动人。

我知道上天不能把意识湮灭,
它会将人变成麻木的物体。
为了那奇异悲伤永在,
你化成我心底的回忆。

1916

我们学不会说再见和分手

我们学不会说再见和分手,
总是肩并肩慢慢地走,
当天色已经黯淡下来,
你在沉思,我默默低着头。

当我们一起步入教堂,
见婚丧嫁娶热闹不休,
彼此不敢多看一眼,连忙退出……
为何我们不能在此永结鸳俦?

或坐在脚印纷纷的雪地,
墓园中,我们共同的叹息声轻柔,
你用树枝画了宫殿,
我们要居住在那里,长长久久。

1917

小小木桥变得幽暗、曲折

小小木桥变得幽暗、曲折,
丛生的牛蒡草有一人多高,
茂密的荨麻林唱着歌谣,
银镰在这里不能挥舞、闪耀。
每晚湖上的叹息声声入耳,
多节的苔藓爬满了墙壁。

我曾在那里迎接
二十一岁,
我的双唇还留着
黑蜜香甜的味道。

小树杈挂破过
我的白绸裙,
在青松的弯枝上,
夜莺曾经鸣叫。

我用约定的呼喊,
唤出树洞里的居民,
好像野地的精灵,
比姐妹还要友好。

跑向大山吧,
游过小河,
但是之后,"请留下来。"
——我不会说。

1917

一条大河沿着山谷缓缓流淌

一条大河沿着山谷缓缓流淌,
市郊的房子开着许多扇窗。
我们好像生活在叶卡捷琳娜时代:
去教堂祷告,把丰年祈望。
在两天难舍的分离之后,
客人驱车经过金色庄稼地把我们造访。
他在客厅里亲吻祖母的手,
他吻我的嘴唇在陡峭的楼梯上。

1917

谢·克雷奇科夫
(1889—1937)

"新农民诗派"诗人,和克柳耶夫、叶赛宁齐名,20世纪初民间创作的代表人之一。小说家,翻译家,文学评论家。参加过1905年革命,1906年写下一系列关于革命主题的诗歌。

月 亮

月亮，月亮，快升起在茅草屋上空，
我不能再忍受沉重的离别！
春天的朋友，胆怯的光线，
让我们一起到村庄去！

请你踏上台阶，
看一眼我心爱的人，
我就离教堂不远，
黑暗的椴树边站着等候，

夜正旋转漫天星斗，
清新的田野沙沙响不停——
啊，她在为谁发愁？
她为了谁那么忧伤？

照亮她的戒指吧，
让戒指上的铁石发出亮光——
也许她会来到台阶，
也许她会把我回想！

她将转过身，不回答，
脸色没有一丝改变，
就让月亮为心爱的人照耀吧，
孤单单在那台阶上！

1913

奥·曼德尔施塔姆
（1891—1938）

  诗人，白银时代最伟大的代表之一。随笔作家，翻译家和文学评论家。出生于华沙一个富有的皮革商家庭，随全家迁居到圣彼得堡，在圣彼得堡最好的中学读书，为日后人文科学的探索打下基础。曼德尔施塔姆诗歌里的抒情主人公复杂而痛苦、憎恨暴力强权、思考诗歌的命运并唤起我们对生活的热爱。他的爱情诗明朗单纯，没有悲剧的沉重。

比温柔更温柔

比温柔更温柔
你的脸,
比白皙更白皙
你的手,
你和整个世界
远远保持距离,
你的一切——
已命中注定。

命中已注定
你的忧愁,
你的手指
不会变冷,
你静静的声音,
如温暖的倾诉,
而远方
就在你眼中。

1909

难以言宣的忧伤

难以言宣的忧伤,
睁开一双大眼睛
花瓶已醒过来,
倾洒自己的水晶。

房间里满是慵倦——
那药的香浓!
一座小小的王国,
吞噬如此多的梦。

杯中些许葡萄酒,
在一束五月阳光中——
奶油饼干如此纤薄,
怕被谁的纤纤玉指揉碎。

1909

寂　静

她还未出生，
她是音乐，也是词汇，
一切紧密关联，
还不曾被离分。

海的胸膛静静呼吸，
痴狂白昼闪耀不已，
浪花如黯淡的白丁香，
盛开在蓝黑色器皿。

可我的双唇想获得
太初的不语特性，
似结晶的音符，
带着与生俱来的纯粹！

活在浪花里吧，阿佛洛狄忒[1]，
让词朝着音乐回归，
心与心相爱相惜吧，
被倾倒出原始的生命之杯。

1910

---

[1] 古希腊神话中的爱情与美丽的女神，生于海中浪花，被认为是女性身体美的最高象征，但无法代表女性的贞洁。

不要问

不要问:你知道,
温柔本无意识,
你怎样称呼
我的颤抖
—— 都行;

为什么要坦白,
当不可逆转,
我的生存,
已由你决定。

把你的手交给我。
激情是什么?
蛇在舞蹈!
它们统管的秘密 ——
那致命诱惑!

我不敢阻止
令人慌乱的蛇的狂舞,
当我正注视
少女光辉纯真的面容。

1911

我痛恨千篇一律的星光[1]

我痛恨
千篇一律的星光。
你好,我昔日的梦呓,
塔楼如箭生长!

让顽石变成花边,
像蜘蛛般站立:
朝苍天空洞的胸口
留下一点针刺的创伤。

我知道下面该是我——
展开一双翅膀。
那——究竟飞向哪里,
我思想的锋芒?

---

1 这首诗是献给女诗人茨维塔耶娃的,其中有阿克梅诗歌的典型意象。

或者，无路可走时，
耗尽期限时，
我终将返回：
那里——我不能爱，
这里——我怕爱上……

1912

你的形象,愁苦又飘渺

你的形象,愁苦又飘渺,
我不能触及在这迷雾中。
"主啊!"—— 我脱口而出,
自己并不想张开喉咙。

可主的名字,
就像巨大的一只鸟,
蓦地飞出了我的心胸!
它在前方的浓雾里旋转上升,
后面是空空的鸟笼。

1912

我和别人一样渴望 [1]

我和别人一样渴望
为你效劳,
我善于嫉妒,把干燥双唇
用来占卜。
我不满足于发咸的口舌
给出的许诺,
可没有你,即使空气稠密,
我也感觉虚无。

我不再嫉妒,
但我需要你,
我自己背负起自己,
像刽子手背负牺牲品。
我不会把你
称为快乐,称为爱情。
我暗中把自己的
和野蛮、旁人的血偷换。

还有一个瞬息
我要告诉你,
我在你身上发现的

---

[1] 1919年诗人在基辅结识了未来的妻子娜杰日达·哈卓娃。

并非快乐,而是苦痛。
像是罪行,
我被你吸引,
在慌乱中咬伤的
樱桃般温柔的嘴。

快些回到我身边吧,
没有你我觉得可怕,
感觉不到你,
我永远不能更坚强,
我所想要的一切,
就是真切看到你。
我不再嫉妒,
但我呼唤你。

玛·茨维塔耶娃
（1892—1941）

俄国 20 世纪最著名的诗人之一，散文家，翻译家。生于莫斯科，父亲是大学教授，母亲是钢琴家，曾就读于莫斯科私立中学，十六岁远赴法国，旁听索邦大学古代法文课。早慧的茨维塔耶娃六岁开始写诗，十八岁时发表第一本诗集《黄昏相册》(1910)。勃留索夫第一个在她的诗作中发现了"不容怀疑的天分"和"令人畏惧的直觉"。

心灵和名字[1]

当舞会亮起灯火,
心不能归于平静,
但主给了我另外的名字:
它像海,像海一样!

在华尔兹的旋转中,在温柔的叹息下,
我不能把忧愁忘记。
但主给了我另外的幻想:
它们像海,像海一样!

歌声阵阵,大厅让人目眩神迷,
唱着、呼唤着,闪闪的光亮。
但主给了我另外的心灵:
它像海,像海一样!

1911—1912

---

1 茨维塔耶娃的名字——"玛琳娜",内有"海"的涵义。

我喜欢你并非思念我而忧郁成疾

我喜欢你并非思念我而忧郁成疾,
我喜欢我忧郁的原因不是为你,
我喜欢那沉重的地球永远不会
从我们两人的脚下挣脱逃离。
我喜欢可以不掩饰,不做作,
不必在和你手相触时难为情。

我还喜欢你在我面前
可以平静地拥抱别人。
不必因为我没有亲吻你
让我忍受炼狱之火熬煎。
我温柔的名字不必被
温柔的你徒劳长挂嘴边……
教堂的寂静里永不会为我们
响起"哈利路亚"那一声呼唤!

谢谢你的心和你的手,谢谢你,
而你——自己并不知道!
——爱我如此深:
爱我夜晚的宁静,
爱日落时和我偶然的相遇,
爱月升时我们没有去漫步,
爱太阳没有照临我们的双肩头顶,

可惜！你并非思念我忧郁成疾，
可惜！我忧郁的原因不是为你。

1915

这温柔来自何方?

这温柔来自何方?
我可不是第一次 ——
将这卷发抚平。
我还曾亲吻过
更幽暗的嘴唇。

星星升起、熄灭,
这温柔来自何方?
你的眼眸升起、熄灭,
在我自己的眼中。

黑夜里还从未听过,
赞歌如此婉转悠扬。
—— 这温柔啊! ——
正在歌手火热的胸膛。

这温柔来自何方,
该如何对你,少年郎,
顽皮的、赶路的歌手,
长长的睫毛,
是我从未见过的美目一双?

1916

献给勃洛克的诗

你的名字 —— 掌心一只小鸟,
你的名字 —— 舌尖一缕薄冰。
我的双唇只须动一下。
你的名字,由五个字母组成。
像那被捕捉的疾飞的球,
又似银铃一串在口中。

抛向静静池塘的石头,
呜咽地叫出你的名字。
踏碎暗夜的马蹄,
响亮地喊着你的名字。
呼唤你,像那清脆的扳机一扣,
子弹射向额角的声音。

你的名字 —— 啊,我不能!
你的名字,朝眼睛的吻,
垂下的眼帘上凉意温存。
你的名字,朝雪花的吻。
如饮冰冷的浅蓝清泉……
和你的名字一起 —— 入浅蓝色的梦。

1916

我要从所有大地、所有天空把你夺回

我要从所有大地、所有天空把你夺回,
因为森林——是我的摇篮,我的坟墓——也是
　　森林,
因为我在大地上站立——只用一条腿,
因为我歌唱——没有人能像我这样。

我要从所有时代、所有黑夜把你夺回,
从所有金色旗帜和剑端夺回你,
我要把钥匙扔掉,把狗从石阶赶跑,
因为尘世土地上我比狗更忠心。

我要从所有其他人、从另一个她那里把你夺回,
你不会是任何人的未婚夫,我也不是任何人的妻,
在最后的争论中我要带走你——别做声!
——在夜里我要把你从上帝的身边带离。

但是我的手还没有在你胸前交叉画起十字,
该诅咒啊!你的两只朝向天空的翅膀,
还会留在你身边,
因为世界——是你的摇篮,而你的坟墓——也
　　是世界!

1916

我多想和您一起在小城生活

我多想和您一起在小城生活，
那里有永恒的暮色，永恒的钟鸣。
住在小小的木头建起的酒店，
古老壁钟的尖细歌吟——仿佛时间在滴落不止。

有时，傍晚，从哪间阁楼里传来长笛乐音，
弄笛的人自己倚着窗，
窗台前大片的郁金香。
即使您不爱我也无妨……

屋子中央——有一座瓷砖砌成的大火炉，
每块砖——都有画一张：玫瑰——心——帆船。
唯一的窗户外——
雪在下着，下着，下着。

您往床上一躺，像我钟爱的模样：
慵懒、冷淡、漠不关心，
间或会发出一声
打火的锐响。

香烟燃烧又变暗,

烟头久久颤动着——短短一柱灰烬。

您甚至懒得它弹一弹,

完整的烟卷就被掷向火光。

1916

又一个窗口

又一个窗口,
又是不眠的人。
也许——他们正饮酒,
也许——就这么闲坐着。
或者仅仅是——
两只相握的手还没有松。
每一栋大楼,朋友,
都有这样的窗口。

不是蜡烛,也不是灯照亮了黑暗:
而是不倦的眼睛!

你,深夜的窗口——
分别和重逢的呼唤声声!
有时是——
数不清的蜡烛,
有时是——
蜡烛两三支……
我失去理智,
没有了安宁。
在我家里夜夜火烛长明。

朋友,请为不眠的楼宇而祈祷吧,
为窗前那盏不熄的灯!

1916

我已经不需要你

我已经不需要你,
亲爱的—— 不是因为你的信
寄来得不够早。

不是因为用痛苦
写就这些诗行
将被你笑着拆封。

(我一人所写——
只给你一个 —— 头一次! ——
而你大施魔法 —— 并不是孤零零一人。)

不是因为她的卷发
碰到了你面颊 —— 我自己
也善于双双阅读!

不是因为你们共同
—— 对着不甚明了的主题! ——
会叹息,俯下身。

不是因为你们一起
突然合上了眼帘 —— 因为潦草的字迹
难以辨认 —— 尤其是诗!

不,我的朋友!这更简单,
这比懊恼更容易明白:

我已经不需要你 ——
因为 —— 因为 ——
我已经不需要你!

1918

就像右手和左手

就像右手和左手,
你的心灵和我的这样贴近。

我们合在一起,幸福、温暖,
像右边和左边的两个翅膀。

但风暴骤起——裂开一道深渊,
从右边——到左边的翅膀!

1918

符·马雅可夫斯基
(1893—1930)

    诗人，作家，导演，演员，舞美设计师，画家，以及数种杂志的编辑。未来主义诗歌代表人物，也是 20 世纪俄国最著名诗人之一。虽然在他参与起草的俄国未来主义宣言中否定了一切旧的文学，马雅可夫斯基本人却高度评价果戈里、陀思妥耶夫斯基、勃洛克等作家们的功绩。他笔下的抒情主人公与周围资本主义唯利是图的现实环境格格不入。

晨

阴雨让双眼歪斜。
在
铁的思维导线
根根
栅栏外,
——是一块羽绒褥垫。
在
上边
轻巧立着
初生的星。
路灯——
头顶煤气冠冕的
沙皇
已死,
病更重的
林荫路上妓女们的
狂花
映入眼中。
笑声如此令人生厌、
戏谑、
口水飞溅——
发自黄色的

毒玫瑰,
曲曲折折
蔓生。
但眼睛快乐地
瞥见
喧哗
与恐惧:
受苦、沉默、麻木不仁的
十字架
奴隶
和妓院
棺椁
都被东方
往熊熊燃烧的花瓶里一扔。

1912

致你们!

你们,苟活于一场接一场的烂醉,
你们在家中把浴室和抽水马桶享用!
当你们在报纸上读着"圣乔治勋章"获奖者姓名,
难道不会感到害臊羞愧?!

你们可知道,你们乃庸碌之辈,
只盘算着如何填满你们那饕餮的嘴——
也许,就是现在,一颗炸弹呼啸着落向地面,
刚好击中了彼得罗夫中尉的双腿?

如果被拉到了屠宰场的他,
奄奄一息中,突然看见
被鱼饼涂抹的双唇
正哼着谢维里亚宁那浅吟低唱的淫曲!

他不正是为了你们这些美色和美食的追逐者,
把自己宝贵的生命放弃?!
我宁愿在饭店当个跑堂的,
为妓女们端上一杯菠萝水!

1915

莉莉契卡
—— 代邮

烟斗的雾把空气吞食了。

房间——

恰似克鲁乔内赫[1]书写的地狱。

可记得,

在这窗后,

第一次

你的手被狂热的我触摸。

如今你坐着,

心肠似铁,

有一天或许

开口痛骂,

把我驱赶。

在昏暗前厅,我将久久地

把颤抖的断臂

放入袖中。

跑出去,

把身子扔向长街。

野蛮,

发狂,

---

[1] 克鲁乔内赫(1886—1968),诗人,文学评论家。1912年与赫列勃尼科夫共同出版了合集《地狱里的游戏》。

绝望的鞭子把我抽打。
不必这样，
亲爱的，
美丽的，
让我们就此分手吧。
都一样，
因为我的爱情，
像沉重的哑铃——
挂在你身上，
不管你逃到何方。
让我在这最后的喊声中，
发出委屈抱怨的痛苦怒吼。
如果你让一头牛劳作不止——
它也会离你而去，
僵卧寒水中。
除了你的爱情，
我
没有海洋；
可在你的爱情里即使哭泣
也求不来安宁。
一只疲倦的象也需要安静——
威严地躺倒在火热的沙碛。
除了你的爱情，
我
没有太阳；

我不知,你和谁在一起。
如果让诗人饱受煎熬,
他
会把爱人和金钱、名声交换,
而我
不会对银铃的清脆感到欣喜,
除了这响声发自你的名字。
我不会跳河而亡,
不会仰药自尽,
不会对着太阳穴
扣动扳机。
因为在我的上空,
除了你的目光,
感觉不到任何刀锋的威胁。
明天你会忘记,
曾被举行过加冕礼,
缤纷的爱情曾燃烧心灵,
在尘世平凡岁月的狂欢节,
我四散的书页将随风起舞……
枯叶一般的话语,
焦灼喘息,
岂能让你停住?

就让我用
最后的温柔
铺垫你离去的脚步。

1916

爱或不爱？我心绪烦乱

爱或不爱？我心绪烦乱，
手指在不停撕扯、摧折，
摘下后、猜想一番，
让迎面而来的洋甘菊花冠
尽随五月的风飘散。
就让在理发修脸时，
发现我的丝丝银发，
就让衰老大声喧哗，
我期望，我相信：可耻的理智
永远不会让我屈服、害怕。

1928—1930

瓦·舍尔舍涅维奇
(1893—1942)

诗人,翻译家,剧作家。以俄国意象派诗歌的重要理论家身份进入世界文学史。

没什么比诗中的字词更凝练

没什么比诗中的字词更凝练,
因此诗永恒!
无忧无虑去爱的权利,
没什么比这罪孽更神圣。

啊,一切永远川流不息:
统帅那生铁铸成的脚步,
胜利的耻辱和可怖恐惧,
只是心在这时代里的无休止的呓语!

因此经历残酷的战斗,
腐烂的周遭让我顿悟:
——纵然上有蓝色天堂,
可它比不过爱人湛蓝的眼睛!

纵然血色鲜红——可比不过爱的赤红,
紫色的旌旗、歹徒的利刃,
甚至峥嵘岁月的漫漫长夜,
在它身旁都黯淡无光!

无论炸药怎么震响,
无论暴动怎么凶猛,
这世上所有的喧嚣嘈杂的声浪,
都将被第一次召唤的叹息抚平。

所以世纪漫长如斯,
爱的生命——变成了暗夜里的灰烬,
人就重复爱的诗章,
那些更凝练的字词!

1931

格·伊万诺夫

(1894—1958)

阿克梅派诗人。

严寒将要降临……

严寒将要降临,
树叶将要飘落——
水将结成冰。
我的爱情,那你呢?

白色、白色的雪
将覆盖小溪水面,
世界将失去温柔……
那你呢,我的爱情?

但随着可爱的春天
冰雪又将融化。
光和热将会回来——
那你呢,我的爱情?

谢·叶塞宁
（1895—1925）

　　诗人。"新农民诗派"的代表，后期的创作从属于意象派潮流。叶赛宁永远在描绘自然之美和爱，诗作主题鲜明，但也充满忧伤之感；总在开端展现幸福，结尾又陷入愁绪。叶赛宁在1924年曾说："我的诗中，读者应该主要关注抒情的感受和那个形象，它为许多年轻诗人和小说家们指明了方向。不是我臆想杜撰这形象，它就在俄罗斯精神和眼睛的根基里。它像激情和感觉一样有机存活在'我'之中。这是我的特点，这一点我也可以学习，就像我从别人那里学习别的东西一样。"

眼泪……

眼泪……又是这些苦涩眼泪，
没有欢乐的忧愁和悲伤；
重又是黑暗……破碎的幻想
飞驰向无尽的远方。

该怎么办？又是这些苦痛？
不，够了……该休息，
忘记这些忧郁的声音，
胸腔已不堪重负。

谁在那白桦树荫下唱着歌？
歌声对我似乎很熟悉——
这些眼泪又落下了……这些眼泪
和对心爱之地的思量。

可为何我在可亲的故乡，
泪水中压迫自己的心房。
唉……只有在冰冷的墓穴里，
我才能忘却一切，睡梦安详。

1911—1912

我们的幻想 [1]

我们的幻想飞向远方,
那里听得见海浪和哭泣的声音,
去分担别人的痛苦
和沉重不幸的忧伤。

在那儿我能找到自己活着的快乐,
给予我们的陶醉与欢喜,
反抗无常的命运,
我将把灵感找寻。

1912

---

1 中学读书的最后一年,叶赛宁爱上了阿·萨而丹诺夫斯卡娅,同时梦想成为作家。

你曾哭泣……

你曾哭泣在傍晚的寂静里,
苦涩的泪珠掉落到地上,
沉重的我如此忧愁,
为何我们总不能理解彼此。
你向远方奔跑而去,
所有的幻想褪尽了颜色,
我重又孤身一人,
心灵因没有亲切与慰藉而苦痛,
而且常常在傍晚时分,
我会走向曾经的约会之地,
幻想中看到你可爱的形象,
听到你在寂静中忧郁的哭声。

1912—1913

亲爱的,坐到我身旁

亲爱的,坐到我身旁,
让我们的眼睛相互凝望。
我想在你温柔注视里,
聆听那情感的雪暴风狂。

这金秋,
这一绺银白发丝闪亮——
一切都像在拯救
我这不安的浪子。

早就辞别了故乡,
青草与林荫繁盛的地方。
追逐着城市苦涩荣耀,
我曾想把此生的意愿隐藏。

我曾想在心中悄悄地
回忆花园和夏季,
在那片蛙鸣声里,
我让自己成为了诗人。

那儿此刻也是秋天……
窗外的槭树和椴树
正向着房间伸展手掌,
它们似是把故人找寻。

故人早已不在世上。
简陋的乡村墓地,
十字架落满月光,
我们未来也会去那儿,
熬过恓惶日子,
我们将去往茂密树丛下,
所有波浪般的小路,
只为生者涌动欢畅。

亲爱的,快坐到我身旁,
让我们的眼睛相互凝望。
我想在你温柔注视里,
聆听那情感的雪暴风狂。

1923

纵然你已被人饮尽……

纵然你已被人饮尽,
但还给我留下,留下了
你轻烟一样的发丝
和秋天疲倦的双眼。

秋天的年纪啊!
对于我,它比青春和夏季都更宝贵。
在诗人的想象里,
你已变得双倍可亲。

我从不对心扯谎,
所以可以无惧、
傲慢地说,
我要改邪归正,重新做人。

到了该和这胡闹淘气、
胆大妄为作别的时辰。
心中流淌着别样的血,
那被清酒净化的血液。

更有九月深红的柳树枝，
敲打在我的窗前，
叫我准备好去迎接
它那粗服乱头的到来。

如今我已能平和接受许多事，
态度也从容不迫。
眼中是别样的罗斯，
别样的坟茔和木屋。

我清晰地望向四周，
看到这里，那里，任何地点，
只你一人，我的妹妹和朋友，
才可做诗人的旅伴。

只有我一人可为你，
永远将举止端正，
在道路的昏暗中，
唱着歌儿，迷途知返。

1923

你是我的莎嘉奈,莎嘉奈!

你是我的莎嘉奈,莎嘉奈!
难道是因为我自北方来,
我随时可以和你讲讲田野,
月下波浪般的黑麦田。
你是我的莎嘉奈,莎嘉奈。

难道是因为我自北方来,
那里的月亮更大更皎洁,
不管设拉子[1]风景多么美丽,
也总比不上梁赞[2]自由的旷野。
难道是因为我自北方来。

我随时可以和你讲讲田野,
这些发丝我采自黑麦,
如果你愿意,把它们缠绕上手指——
我没有一丝疼痛的感觉。
我随时可以和你讲讲田野。

---

[1] 伊朗南部城市,以玫瑰和夜莺之城及诗人萨迪的故乡闻名于世,是古波文化和伊斯兰文化交汇之地,有着浓厚的人文艺术气息。
[2] 位于俄罗斯中部联邦管区奥卡河畔,成吉思汗之孙进攻俄罗斯的第一个地方。

关于月下波浪似的黑麦,
你用我的一绺卷发来猜一猜。
亲爱的,随意取笑我吧,笑吧,
只是不要把我的回忆惊起,
那月下波浪似的黑麦。

你是我的莎嘉奈,莎嘉奈!
有位生长在北方的女孩儿,
她的容貌,恰如你一般可爱,
也许,她还会把我记起……
你是我的莎嘉奈,莎嘉奈!

1924

花儿们对我说:别了

花儿们对我说:别了,
把头垂得更低,
我将永远不能看见
她的面孔和我的家园。

亲爱的,好,就这样吧!就这样吧!
我见过它们,见过故土,
我把这死一般的颤抖,
当作新的爱抚承受。

因为我对全部的生活已彻悟,
一路经过,微笑着,
每时每刻我都在说,
世上一切循环不已。

另一个人会到来 —— 都一样,
离去者的伤痛不会惊扰,
后来的歌手为那留下的爱人
美妙地吟唱。

寂静中倾听那支歌,
我的爱人正在别的情郎身旁,
或许她会回想起我,
像回想那独一无二的花朵。

1925

最好时刻……

最好时刻
曾在可爱的安纽塔身边。
她的眼睛,像蓝色宫殿,
其间有我的爱情,
其间有我的心。

1925

你对我不爱,也不留恋

你对我不爱,也不留恋,
莫非我不够美丽?
当你把手放在我双肩,
不看我的脸,也不痴痴地发呆。

年青的姑娘多愁善感,
我对你不算温柔也不算冰冷。
告诉我,你曾和几人如此亲切?
你记起曾有多少双手,多少朱唇?

我知道它们逝去如同幻影,
还没有触及你的烈焰情天,
你曾坐在很多人的膝上,
现在你坐在我的身旁。

纵然你的双眼半闭,
你在想着另一个人,
我自己也并非深爱着你,
我向往亲爱的遥远之地。

不要把这火苗称为命运,
那不过是淡淡的、不确定的联系,——
就像你和我偶然相遇,
微笑一下,平静分离。

你要走自己的路,
挥霍没有欢乐的时光,
只是不要引诱从未亲吻过的人,
不要招惹从未燃烧过的心。

当你和另一个人谈情说爱,
和他正走在那小巷中,
也许,出门散步的我,
重又和你相遇。

你转身,和另一个人肩膀靠得更近,
稍稍向下低垂着头,
轻轻和我说:"晚安……",
我回答:"晚安,小姐。"

心灵没有一丝焦虑,
没有什么能让它颤抖不停,
曾爱过的我,现在已不能去爱,
曾燃烧过的,已化作轻烟。

1925

别对我假笑……

拽我的双手时,别对我假笑,
我爱的是另一个人,不是你。

你自己也知道,清楚地知道——
我没有看你,不是为你而来。

我从旁走过,心里不起涟漪——
只是想着看一眼窗外的风景。

1925

浅蓝色的衣衫。浅蓝色的眼……

浅蓝色的衣衫。浅蓝色的眼。
我对可爱的她没说一句谎言。

可爱的她曾问我:"暴风雪在呼啸?
是否把火炉烧暖?床铺铺开?"

我曾这样回答:"如今有人正从高空
撒下洁白的花瓣。

你可把火炉烧暖,床铺铺开,
但我心中的那场暴风雪里,你不在。"

1925

再见了,我的朋友,再见

再见了,我的朋友,再见。
亲爱的,你在我心头。
这预定的分离将迎来
前方重新的聚首。

再见,朋友,不用挥手,不用告别,
不用忧伤,不用把眉梢皱,
这样的生活里死去多寻常,
活着,当然,也就不算稀有。

1925

阿·马里延戈弗
(1897—1962)

意象派诗人,艺术理论家,散文家,剧作家,回忆录作者。1916年中学毕业后,考入莫斯科大学法律系,很快被征召入伍。马里延戈弗对世界、人生、艺术都有独到见解。他曾说:"如果有人问我,生活中什么是必需的:面包、石油、煤、文学。我会毫不犹豫地回答:文学。"

我会来

我会来。会伸出手掌。
我会说:
——爱吧。拿去吧。你的。共同的……
你的眼睛,好似圣像上
玛格达莱纳[1]的眼睛,
心冷漠、抽象、撒谎,
如宫廷的丑角……
快些,快些:"不,你不要爱!"掷吧,
像掷一块鹅卵石。
阿门。

1918

---

[1] 耶稣基督的女信徒。